GOLDMANN

Buch

Paulina, die Tochter des britischen Gesandten am Hof des Herzogtums Altauss, hat die Zuneigung und das Vertrauen von Prinzessin Margarita, der Tochter des Großherzogs von Altauss, gewonnen. Prinzessin Margarita soll, den Gepflogenheiten der Zeit gemäß, mit einem russischen Großfürsten verheiratet werden. Sie bittet Paulina, sie als ihre Kammerzofe an den Hof von St. Petersburg zu begleiten. Dort begegnet Paulina ihrer ersten großen Liebe in der Gestalt von Prinz Maximus, Margaritas Bruder, der ihre Gefühle leidenschaftlich erwidert. Doch der Zar hat beschlossen, Prinz Maximus mit seiner Nichte zu verheiraten, und das Wort des Zaren ist Gesetz. Paulina und Maximus drohen an der Ausweglosigkeit ihrer Situation zu zerbrechen...

Autorin

Barbara Cartland ist Historikerin, Bühnenschriftstellerin und Dozentin. Neben ihren vielen romantischen Liebesromanen hat sie auch eine Anzahl historischer und biographischer Werke veröffentlicht. Zu der Biographie ihres Bruders, der als erstes Parlamentsmitglied im Krieg gefallen ist, schrieb Winston Churchill das Vorwort. Durch die Heirat ihrer Enkelin Lady Di mit dem englischen Thronfolger Prinz Charles rückte Barbara Cartland noch stärker in den Blickpunkt der Öffentlichkeit.

Von Barbara Cartland
liegen als Goldmann-Taschenbücher außerdem vor:

Auf den Flügeln der Liebe. Roman (6603), Fesseln der Liebe. Roman (6641), Drache und Diamant. Roman (6668), Das Herz einer Frau. Roman (6708), Der griechische Prinz. Roman (6755), Spiel der Herzen. Roman (6780), Ein Lord aus Schottland. Roman (6828), Schiff der Versuchung. Roman (6850), Glück am seidenen Faden. Roman (8359), Das ferne Schloß. Roman (8472), Stern des Westens. Roman (8506), Wenn die Heide blüht. Roman (9134), Wer die Leidenschaft flieht. Roman (9198)

BARBARA CARTLAND

Herrin der Liebe

Roman

Deutsche
Erstveröffentlichung

GOLDMANN VERLAG

Aus dem Englischen übertragen von Werner Morawetz
Titel der Originalausgabe: Love Rules
Originalverlag: NEL Books, London

Der Goldmann Verlag
ist ein Unternehmen der Verlagsgruppe Bertelsmann

Made in Germany · 8/91 · 4. Auflage

Umschlaggestaltung: Atelier Heinrichs, München
Satz: IBV Lichtsatz KG, Berlin
Druck: Elsnerdruck, Berlin
Verlagsnummer: 6723
Lektorat: Werner Morawetz/Elga Sondermann/SD
Herstellung: Sebastian Strohmaier/Voi
ISBN 3-442-06723-5

I

Paulina befand sich in ihrer Kutsche auf dem Weg in den Palast, verwundert darüber, daß Prinzessin Margarita nach ihr geschickt hatte.

Sie waren innige, vertraute Freundinnen und verbrachten viele Stunden miteinander, und da sie sich erst gestern gesehen hatten, erschien es ihr sehr befremdlich, daß die Prinzessin sie so dringend bitten ließ, sie schon heute wieder aufzusuchen.

Paulina schätzte sich glücklich, als sie bei ihrer ersten Begegnung feststellte, daß die Tochter des Großherzogs Louis in demselben Alter war wie sie selbst, nachdem ihr Vater, Sir Christopher Handley, als Gesandter in das kleine Herzogtum Altauss berufen worden war.

Ihr Vater war zutiefst enttäuscht und niedergeschlagen gewesen, nach Altauss entsandt zu sein, daß Paulina befürchtet hatte, sich allein und ohne Freunde in einem öden und langweiligen und nach strengen Sitten reglementierten Land wiederzufinden.

Doch vom ersten Augenblick an, als sie ihren Fuß in dieses Land setzte, war sie überwältigt von seiner Schönheit und beeindruckt von seinen gewaltigen Höhenzügen. Es grenzte auf der einen Seite an Preußen und auf der anderen an Sachsen und Österreich.

Aber was noch weitaus mehr zählte, die Bewohner des Landes waren liebenswert, von freundlichem Wesen und ihrem Herrscher, dem Großherzog, treu ergeben und freundlich zugetan.

Das war etwas, was weder Paulina und noch viel weniger ihr Vater erwartet hatten.

»Wir werden ans Ende der Welt verschlagen«, hatte er gegrollt, »und nichts weiter zu tun haben, als vor einem steifnackigen und widerwärtigen Abkömmling eines niederen Königshauses zu dienern und zu knicksen, der sich für gottähnlich hält und von dem Volk verabscheut wird, über das er herrscht.«

Paulina, die ihren Vater über alles liebte, empfand Mitleid mit ihm, angesichts der heiklen Lage, in die er sie beide gebracht hatte.

Tatsache aber war, wie sie sich selbst hatte eingestehen müssen, daß ihr gutaussehender Vater so unwiderstehlich auf Frauen wirkte, daß er, wo immer er sich aufhielt, Gelegenheit fand für seine *affaires de cœur*, was stets Anlaß für Klatsch und Skandalgeschichten bot und vom Auswärtigen Amt in England mit Mißbilligung beobachtet wurde.

Sir Christopher, der vordem Gesandter in Rom gewesen war, hatte die Hoffnung gehegt, zum Botschafter in Paris ernannt zu werden.

Unseligerweise war eine wunderschöne und verführerische italienische Contessa seiner Unwiderstehlichkeit erlegen, und es kam zu einem ehebrecherischen Verhältnis. Ihr Ehemann forderte Sir Christopher nicht nur zum Duell, sondern entfachte einen solchen Wirbel in diplomatischen Kreisen, daß es geboten schien, Sir Christopher auf einen weniger bedeutenden Posten in einem unbekannteren Teil Europas zu versetzen.

Es war ein besonders bitteres Los für Sir Christopher, nach so vielen stürmischen und leidenschaftlichen Liebesaffären, daß er kurz vor Erreichen des Höhepunkts seiner Karriere für etwas bestraft werden sollte, was er selbst nur für ein kleineres Vergehen hielt.

Dieses Schicksal traf ihren Vater so hart, daß Paulina kaum vermochte, ihn zu trösten. Nichts von all dem, so ging es ihr immer wieder durch den Kopf, wäre geschehen, wenn ihre Mutter noch am Leben wäre.

Paulina kannte niemanden, der so glücklich war und sich in so großer Liebe zugetan war, wie ihre Eltern es gewesen waren, und als ihre Mutter von einem tückischen Fieber innerhalb weniger Tage dahingerafft worden war, hatte sie befürchtet, daß ihr Vater sich nicht mehr von diesem schweren Schicksalsschlag erholen würde.

Anfangs glich ihr Vater nur noch einem Schatten seiner selbst, und später, wenn andere Männer vielleicht Trost und Vergessen im Alkohol gesucht hätten, ergab Sir Christopher sich den Verlockungen dieser liebenswerten Dame, die ihm in seiner Hoffnungslosigkeit nachgestellt hatte, um ihn vergessen zu machen in der Süße ihrer Umarmungen und Küsse.

Paulina, aufgewachsen in einer weltoffenen und toleranten Atmosphäre, wie sie für die Tochter eines Diplomaten nahezu unvermeidlich war, verstand und begriff dennoch, daß keine Frau den Platz ihrer Mutter würde einnehmen können, die ihr Vater aufrichtig und innig geliebt hatte.

Aber die Versetzung in das Großherzogtum Altauss kam für Sir Christopher einer Verbannung ins Exil gleich, und er war so niedergeschlagen, als sei er nach Sibirien entsandt worden.

Paulina jedoch empfand die Versetzung ihres Vaters nicht als Bestrafung, nachdem sich der Großherzog Louis als ein Mann von höchster Intelligenz und feinsinnigem Humor herausstellte; auch die Edelleute, mit denen er sich umgab, waren nicht nur dem Sport ergeben, gute Reiter und vortreffliche Schützen, sondern nicht minder kultiviert als er selbst.

Während Sir Christopher rasch eine beträchtliche Zahl neuer Freunde gewann, schenkte Prinzessin Margarita Paulina eine innige und tiefe Zuneigung und Freundschaft, wie es ihr bisher noch in keinem Land, in dem sie gelebt hatten, widerfahren war.

Die Prinzessin war eine auffallende, dunkelhaarige Schönheit mit leidenschaftlich funkelnden Augen und als Erbe ihrer polnischen Mutter von anmutigem Liebreiz. Ihr Talent wie ihre Künste als Reiterin waren ihr unzweifelhaft von ihrer ungarischen Großmutter mitgegeben worden. Paulina bewunderte die Prinzessin aufrichtig und rückhaltlos.

Auch in den Adern von Paulinas Mutter hatte ungarisches Blut pulsiert, ein Erbe, das sie mit der Prinzessin verband, und Paulina ebenfalls zu einer Reiterin werden ließ, die sowohl allen Männern größte Bewunderung abnötigte, wie es ihr den Neid vieler Frauen eintrug.

Paulina beherrschte mehrere Sprachen fließend, da sie schon seit frühester Kindheit ihren Vater auf dessen Reisen begleitete.

Prinzessin Margarita zeichnete eine ähnliche Sprachbegabung aus, und sie unterhielten sich miteinander auf Französisch, Italienisch, Deutsch oder Russisch und fanden es höchst amüsant, wenn andere Anwesende nichts oder kaum etwas von dem verstanden, worüber sie gerade sprachen.

Und in der Tat sagte die Prinzessin häufig wenig Schmeichelhaftes über Menschen aus ihrer Umgebung, nur um Paulina zum Lachen zu bringen, so daß Paulina sie später häufig warnte.

»Ihr müßt mehr Vorsicht walten lassen. Ihr wißt so gut wie ich, daß ich, wenn Eure Staatsmänner bemerken, daß ich über sie lache, zu Hause in ebenso große Ungnade falle, wie mein armer Vater zur Zeit.«

»Ich kann nicht glauben, daß dein Vater mit irgend jemandem in Zwietracht lebt«, gab die Prinzessin zurück. »Er ist so liebenswert und charmant, daß ihm, ganz gleich welchen Vergehens er sich schuldig gemacht hat, ganz ohne Zweifel augenblicklich vergeben würde.«

Das mag schon sein, dachte Paulina zweifelnd, wenn auch das Auswärtige Amt weit weniger streng über eine Frau urteilte als über einen Mann von hohem Ansehen, über dessen Verhalten in Europa Klage geführt wurde.

Schon nach fünf Monaten ihres Aufenthalts in Altauss glaubte Paulina hoffen zu dürfen, daß die Berichte über ihren Vater, die auf verschlungenen Pfaden Whitehall erreichten, so vorteilhaft sein würden, daß alle vorhergehenden schon bald in den Archiven untertauchen und in Vergessenheit geraten würden.

Und in dieser Zeit schon verspürte Paulina selbst kein Verlangen mehr, Altauss zu verlassen.

Sie genoß die Gesellschaft zahlreicher junger Männer bei Geselligkeit und Tanz, die Ausflüge in die Ausläufer der Berge, und sie war sich sicher, daß es ihr und der Prinzessin erlaubt sein würde, sobald die Witterung wärmer würde, in einem der zahllosen zauberhaften Seen des Landes zu schwimmen, obwohl das als kühn und verwegen galt.

Ich liebe es, hier zu leben, sagte Paulina zu sich selbst, während die Pferde in leichtem Galopp auf dem holprigen Boden dem Schloß zustrebten.

Der Palast glich einem Märchenschloß, hoch über einem Tal aufragend, das übersät war mit rosa und weiß blühenden Obstbäumen und der üppigen Blütenpracht der Alpenblumen, die in verschwenderischer Fülle um diese Jahreszeit blühten.

Tiefes Blau spiegelte sich in Paulinas Augen wider, als sie in den Himmel über dem Schloß aufblickte.

Die Ähnlichkeit mit ihrem Vater war unverkennbar. Ihr Haar hatte die sanfte goldgelbe Farbe überreifen Korns, ihre zarte Haut schimmerte durchsichtig, und ihre Augen, die das schmale, herzförmige Gesicht ganz auszufüllen schienen, waren von langen dunklen, an den Spitzen goldgetupften Wimpern bedeckt.

Manchmal geschah es, daß die Bewunderer ihrer Schönheit in ihr noch ein liebliches Kind erblickten, und Paulina war klug genug, um diesen Eindruck lange bestehen zu lassen.

Wenn sie ihrem Unwillen darüber aber Ausdruck verlieh, erschienen zwei kleine energische Falten in ihren Mundwinkeln, was ihr jedoch gut zu Gesicht stand.

»Du setzt ein unartiges Gesicht auf!« hatte die Prinzessin sie einmal getadelt.

»Ich hoffe nicht«, antwortete Paulina, »und es ist nicht sehr freundlich von Euch, so etwas zu sagen.«

»Ich meine es doch nicht böse«, besänftigte die Prinzessin, »ich finde, du siehst dann aus, als ob du immer zu Streichen aufgelegt wärst. Es ist reizend.«

Paulina mußte lachen und erinnerte sich, daß die Italiener in Rom, die sie mit überschwenglichen Komplimenten bedacht hatten, oft genau dasselbe gesagt hatten.

»Ich denke, du bist ein Engel, vor dem ich niederknien und vor Hingabe vergehen sollte«, hatte einer der jungen Männer geschwärmt. »Aber wenn du mich auslachst und verhöhnst, glaube ich, daß du ein kleiner Dämon bist, ausgesandt von der Hölle, um mich zu peinigen und zu quälen!«

Paulina hatte ihn daraufhin dann doch ausgelacht, doch sie gedachte der Worte ihres Kindermädchens, nämlich, daß zwei Seelen in der Brust jedes Menschen wohnten.

»Ein Engel sitzt auf deiner rechten Schulter«, hatte sie erklärt, als Paulina alt genug war, um den Sinn dieser Worte zu begreifen, »und ein kleiner Teufel sitzt auf deiner linken. Und beide flüstern auf dich ein, und es ist an dir, wem von beiden du dein Ohr leihst.«

Paulina hatte oft in sich hineingelauscht, was der ›Engel‹ und was der ›kleine Teufel‹ ihr einflüsterten, und sie konnte sich des Verdachts nicht erwehren, daß alles, womit der ›kleine Teufel‹ lockte, sehr viel aufregender war.

Mittlerweile passierte die Kutsche das große reichverzierte Tor zum Palast. Die Wachtposten standen neben ihren rot-weißgestreiften Schilderhäuschen und präsentierten das Gewehr.

Paulina beugte sich vor, winkte und lächelte den Posten zu, denn sie kannte die beiden jungen Soldaten, die auf Wache standen. Wie adrett sie doch aussehen in ihren rot-weißen Uniformen, ging es ihr durch den Kopf.

Sie wurde am Portal des Schlosses von einem Diener erwartet, der sie durch die eindrucksvolle Halle geleitete, die mit Statuen berühmter Vorfahren des Großherzogs und mit Porträts von deren steif und streng wirkenden Gattinnen geschmückt war. Über eine mit einem roten Teppich belegte Treppe und einen weitläufigen Korridor gelangte Paulina zu den Gemächern der Prinzessin.

Paulina war schon so häufig in dem Palast gewesen, daß sie ihren Weg sehr gut allein gefunden hätte.

Aber sie wußte, daß sie auf Unverständnis bei der Dienerschaft stieß, hätte sie auf deren Dienste verzichtet.

So folgte sie also dem Diener, einem beleibten Mann mittleren Alters, dem seine weiße Perücke die Schweißperlen auf die Stirn trieb. Sie mußte ihre Schritte weitaus stärker mäßigen, als sie es getan hätte, wenn sie allein gegangen wäre.

Schließlich erreichten sie die Gemächer der Prinzessin Margarita im Westflügel des Palastes. Der Diener klopfte an die Tür, die künstlerisch auf pfauenblauem Grund mit Wildblumen der Umgebung bemalt war.

Eine Zofe der Prinzessin öffnete und begrüßte Paulina mit einem Knicks.

»Endlich, gnädiges Fräulein«, sagte sie. »Ihre Königliche Hoheit hat immer wieder verwundert gefragt, wie es möglich ist, daß Ihr so lange braucht, um hierherzukommen.«

»Lange?« fragte Paulina. »Ich bin sofort aufgebrochen, nachdem die Nachricht Ihrer Königlichen Hoheit mich erreichte, und die Pferde gaben ihr Bestes!«

»Wir werden alle in große Bedrängnis geraten«, hauchte die Zofe atemlos.

Sie öffnete die Tür und meldete:

»Fräulein Paulina Handley, Königliche Hoheit!«

Mit einem Ausruf der Freude und Erleichterung sprang die Prinzessin von ihrem Sessel auf. Dabei fielen die Arbeiten, mit denen sie sich beschäftigt hatte, von ihrem Schoß zu Boden.

»Paulina! Gott sei Dank, daß du gekommen bist!« rief sie auf englisch aus. »Ich begann schon zu fürchten, du hättest mich verlassen.«

»Euch verlassen?« rief Paulina ihrerseits überrascht aus. »Warum sollte ich?«

»Ich mußte dich einfach sehen. Ich habe so viel mit dir zu besprechen, und du mußt mir helfen«, erwiderte sie aufgeregt.

Die Zofe verließ den Raum und schloß die Tür hinter sich, und sie waren allein. Die Prinzessin nahm Paulina bei der Hand und führte sie zum Sofa hinüber.

»Was, glaubst du, ist geschehen?« fragte sie.

»Ich vermag es mir nicht vorzustellen.«

Der Prinzessin entrang sich ein Seufzer.

»Ich soll verheiratet werden!«

Alles andere hätte Paulina erwartet, nur das nicht, und sie blickte ihre Freundin bestürzt an.

»Aber... mit wem?«

In Gedanken ging Paulina alle jungen Männer durch, die sie auf den festlichen Bällen im Schloß kennengelernt hatte, aber sie fand nicht einen darunter, der ihr als geeigneter Gatte für Prinzessin Margarita erschienen wäre; sie kamen allenfalls als amüsante Tanzpartner in Frage.

Die Prinzessin antwortete nicht sogleich, dann nahm sie Paulinas Hand fest in die ihre und fragte:

»Willst du mir bei allem, was dir heilig ist, versprechen, für mich zu tun, worum ich dich bitte?«

Paulina lächelte.

»Ich kann Euch nichts versprechen, bevor ich nicht weiß, worum Ihr mich bittet.«

»Es ist ganz einfach«, antwortete die Prinzessin. »Ich möchte, daß du mich nach Rußland begleitest.«

»Nach Rußland?« wiederholte Paulina. »Aber warum... was ist... denn geschehen? Soll das bedeuten, daß Ihr... einen Russen heiraten sollt?«

Die Prinzessin nickte.

»Papa hat es mir gestern abend gesagt. Oh, Paulina, es ist so aufregend und so beängstigend zugleich, daß ich Papa so weit zurücklassen und allein in einem fremden Land leben soll.«

Paulina umschlang die Hände der Prinzessin mit den ihren.

»Erzählt mir von Anfang an«, bat sie. »Ich kann sonst nicht verstehen, was sich zugetragen hat.«

»Du kannst nicht verwirrter sein, als ich es jetzt bin.«

Die Prinzessin hielt inne, seufzte tief und fuhr fort:

»Gestern abend, nachdem du mich verlassen hattest, sandte Papa nach mir. Sogleich, nachdem ich den Raum betreten hatte, bemerkte ich, daß er wegen irgend etwas höchst entzückt war, aber ich wußte nicht, weshalb. Ich hatte nicht die... geringste Ahnung, was... es hätte sein können.«

Paulina schwieg. Sie war ganz von der Schönheit der Prinzessin gefangen, obwohl ihre lieblichen Augen von Sorge getrübt waren... und kein Lächeln ihre vollen Lippen umspielte.

»Und dann«, fuhr sie fort, »erzählte mir Papa, was geschehen war.«

»Und was war das?«

»Du wirst dich erinnern, daß ich dir einmal erzählt habe, daß mein Bruder Maximus einige Jahre in Rußland gelebt hat?«

»Ja, das habt Ihr mir erzählt«, antwortete Paulina, »und auch, daß er eine Einladung des Zaren an ihn angenommen hat, am Hofe zu leben und in der Kaiserlichen Russischen Armee zu dienen.«

Paulina hatte die Geschichte mehrere Male gehört, aber da sie dem Prinzen Maximus nie begegnet war, hatte sie kein wirkliches Interesse daran gezeigt.

»Der Zar ist sehr zufrieden mit Maximus«, begann die Prinzessin wieder mit leiser Stimme, »so zufrieden, daß er ihn sogar zum Generalmajor beförderte, nachdem Maximus sich in dem Krieg im Kaukasus ausgezeichnet und großen Ruhm erworben hat.«

»Dann muß Euer Vater höchst entzückt sein«, rief Paulina aus. Sie wußte, wie groß der Stolz war, den der Großherzog auf seinen einzigen Sohn empfand, und daß er sich im Kampfe ausgezeichnet hatte, war eine große Ehre für das ganze Herzogtum.

»O ja, Papa ist sehr erfreut«, stimmte die Prinzessin zu, »daß er mit dem St. Georg-Orden ausgezeichnet worden ist für seine Verdienste im Kampf. Aber in demselben Brief, in dem mein

Bruder dies schrieb, teilte er uns mit, der Zar habe den Wunsch geäußert, ich solle seinen Cousin heiraten, den Großfürsten Vladirwitsch.«

Paulinas Augen weiteten sich.

Sie hatte nur verschwommene Vorstellungen und Kenntnisse über Hierarchie und Rangfolge am Russischen Hof, aber da Paulina gewissermaßen im Diplomatischen Dienst aufgewachsen war, wußte sie immerhin soviel, daß die Stellung eines Großfürsten eine sehr bedeutende war, und das Prestige, welches ein Cousin des Zaren genoß, verstand sich von selbst.

Jedoch, das fühlte Paulina, eine glückliche Ehe mit einem geliebten Mann war weitaus wichtiger als ein Titel, und sei er noch so bedeutend.

»Seid Ihr dem Großfürsten schon einmal begegnet?« fragte sie.

»Ja, einmal«, antwortete die Prinzessin, »aber das Unglück, Paulina, ist, ich kann mich nicht einmal an ihn erinnern. Als Mama und Papa ihren 25. Hochzeitstag feierten, hat er uns einen kurzen Besuch abgestattet. Aber damals waren im Schloß so viele wichtige Persönlichkeiten aus ganz Europa, die alle Mama und Papa an ihrem Festtag die Ehre gaben.«

Zum erstenmal lächelte die Prinzessin, als sie fortfuhr:

»Den Kaiser von Österreich begleitete ein sehr attraktiver Flügeladjutant, und ich habe mich viel mit ihm unterhalten und so oft mit ihm getanzt, wie es gerade noch ziemlich war. Von den anderen Gästen habe ich kaum Notiz genommen.«

»Aber der Großfürst muß sich genau an Euch erinnert haben!«

»Das sagte auch mein Bruder Maximus, aber nicht nur, daß der Großfürst mich zu ehelichen wünscht, auch der Zar hat seine Zustimmung erteilt.«

»Oh, Liebste, ich kann nur hoffen, daß Ihr sehr, sehr glücklich werdet!« rief Paulina aus.

»Aber Rußland liegt so weit entfernt«, klagte die Prinzessin, »und ich bin nur dann bereit dorthinzugehen, wenn du mich begleitest.«

»Aber wie kann ich das? Würde sie das nicht sehr befremden...«, warf Paulina ein.

»Du wirst mich als meine Kammerzofe begleiten«, unterbrach die Prinzessin. »Ich werde ganz sicher nicht diese langweilige, alte Baronin Schwaez mit mir nehmen. Wahrscheinlich würde sie ohnehin ablehnen. Sie hat eine große Familie und führt beständig Klage, daß sie nicht bei ihr sein kann.«

»Ich glaube nicht..., daß Papa... seine Einwilligung geben wird«, gab Paulina zu bedenken.

»Wenn ich Sir Christopher sage, wie sehr ich deiner bedarf, und ihm verspreche, dich nicht für allzu lange Zeit von ihm fernzuhalten, bin ich sicher, daß er Verständnis haben wird«, sagte die Prinzessin. »Oh, bitte, bitte, Paulina, du darfst mich jetzt nicht im Stich lassen, jetzt, da ich dich so dringend brauche.«

Paulina war zutiefst bewegt von der Zuneigung, die ihr von der Prinzessin entgegengebracht wurde. Niemand wußte besser als sie, wie empfindsam die Prinzessin auf viele Dinge reagierte und wie schwer es sie treffen mußte, allein in einem fremden Land leben zu müssen, noch dazu in Rußland.

Die Berichte über Rußland, obwohl höchst interessant, waren dennoch nicht weniger erschreckend, ganz zu schweigen von den Gerüchten, die über Zar Nikolaus verbreitet wurden.

Paulina konnte sich nichts Schrecklicheres vorstellen, als mit einem Russen vermählt zu sein und unter dem Edikt eines Herrschers zu leben, dem selbst die großzügigsten diplomatischen Kreise bescheinigten, exzentrisch und tyrannisch zu sein.

Aber da sie Margarita von Herzen zugetan war und sie glücklich sehen wollte, wußte Paulina, daß sie unter keinen Umständen derlei Gerüchte an Margaritas Ohr kommen lassen würde.

Sie war auch klug und weitblickend genug, um zu verstehen, daß sich der Prinzessin mit der Heirat eine gesellschaftliche Stellung eröffnen würde, die weitaus bedeutender war, als der Großherzog Louis je zu hoffen und zu ersehnen gewagt haben konnte.

Ganz gleich, welcher Art die Gefühle der Prinzessin sein mochten, sie würde mit dem Großfürsten verheiratet werden, und deshalb mußte sie ihre Lage akzeptieren, gleichgültig, ob sich ihre eigenen Träume erfüllten oder nicht.

Von der Richtigkeit der Sache überzeugt, sagte Paulina:

»Ich denke, Euch widerfährt ein großes Glück, und ich bin sicher, daß Ihr mit dem Großfürsten ungewöhnlich glücklich sein werdet.«

»In Rußland?« fragte die Prinzessin ungläubig.

»Warum nicht?« entgegnete Paulina. »Und nachdem es heute so leicht und bequem ist, mit der Bahn zu reisen, kann ich mir vorstellen, daß Euer Gatte Euch London, Paris und den bezaubernden Süden Frankreichs zeigen wird.«

»Papa erzählte einmal, daß die Russen Frankreich besonders wegen der fröhlichen Lebensart seiner Bewohner lieben, aber er erwähnte nie, daß sie von ihren Frauen begleitet würden«, antwortete die Prinzessin.

Darauf wußte Paulina keine Antwort, und sie warf schnell ein:

»Der Zar und seine Familie besitzen unermeßliche Reichtümer, und du wirst ein Leben in Macht und Überfluß führen können.«

»Mir wird große Bedeutung bei Hofe zukommen«, sagte die Prinzessin mehr zu sich selbst.

»Aber natürlich«, pflichtete Paulina bei, »und Papa erzählt, die russischen Aristokraten können die prächtigsten Juwelen ihr eigen nennen. Mit denen werdet Ihr Euch schmücken für die glanzvollen Feste und Bälle, die im Winterpalais gegeben werden.«

Besorgnis verdüsterte das schöne Gesicht der Prinzessin. Doch dann sagte sie schnell:

»Ich werde das Anerbieten ausschlagen, es sei denn, du wirst mich begleiten.«

»Natürlich muß ich erst mit Papa sprechen, bevor ich Euch das zusagen kann«, antwortete Paulina.

»Auch ich werde meinen Vater bitten, gleichfalls mit Sir Handley zu reden«, gab die Prinzessin zurück. »Man kann ja nicht wissen, wenn der Zar Gefallen an dir findet, schlägt er vielleicht dem englischen König vor, Sir Christopher als Britischen Gesandten nach St. Petersburg zu berufen.

Paulina mußte lächeln, als sie zur Prinzessin sagte:

»Ich sehe schon alle Eure Freunde am Russischen Hof, denen Ihr den Weg in glänzende Stellungen geebnet habt.«

»Warum nicht?« entgegnete die Prinzessin. »Wenn ich die Möglichkeit dazu habe, dann werde ich alles tun, was ich möchte, und... und ich wünsche mir dich, liebste Paulina, mehr als alles Gold auf der Welt.«

Paulina entging es bei den Worten der Prinzessin nicht, daß diese anfing, sich mit dem Gedanken anzufreunden, ihre Heimat zu verlassen und in Rußland zu leben. Ihre Gespräche kreisten bald darum, wie sie ihre Kenntnisse über dieses fremde Land erweitern könnten, das keine von ihnen bisher kennengelernt hatte.

Als es an der Zeit war für Paulina, die Prinzessin zu verlassen und zu ihrem Vater zurückzukehren, bat diese sie nochmals flehentlich:

»Versprich es mir, bitte versprich mir, daß du mit mir gehen wirst. Auch wenn mein Bruder Maximus in St. Petersburg lebt, so ist das doch nicht dasselbe, als wenn ich dich dort bei mir hätte. Niemand, schon gar nicht ein Mann, vermag zu verstehen, wie sehr ich mich ängstige, einen fremden Mann zu heiraten.«

Paulina dachte daran, wie ihr zumute sein würde, befände sie sich in einer ähnlichen Situation.

Aber ihr war auch bewußt, daß königliche Hochzeiten immer arrangiert wurden, und es zweifellos für Prinzessin Margarita unmöglich sein würde, diese vom Zaren beschlossene Heirat zu verweigern.

Als sie jetzt in der Kutsche nach Hause zurückfuhr, ging ihr der Gedanke durch den Kopf, wie glücklich sie sich doch angesichts solcher Probleme schätzen durfte, nur dem gemeinen Stand anzugehören und nicht dem Adel. Ihre Eltern hatten geheiratet, weil sie sich liebten, und eine überaus glückliche Ehe geführt.

Wenn ich einmal einen Mann heirate, dann ebenfalls nur aus Liebe; Reichtum und Stand werden für mich keine Bedeutung haben, sagte sie zu sich selbst.

Da Paulina in diplomatischen Kreisen aufgewachsen war, kannte sie die gesellschaftlichen Regeln zu gut, um nicht zu wissen, daß die Freiheit einer solchen Wahl nur diejenigen genießen konnten, die keine gesellschaftlichen Rücksichten zu nehmen brauchten; sie galten nicht für Mitglieder adliger Kreise.

Es war daher beinahe ein Glücksfall, daß der Großfürst Vladirwitsch erst fünfunddreißig Jahre alt war, es hätte ebensogut sein können, daß die Prinzessin von einem sehr viel älteren Mann zur Braut auserwählt worden wäre, der noch verzweifelt nach einem Erben trachtete, bevor sein Leben sich dem Ende zuneigte.

»Ehen zu stiften ist eine teuflische Machenschaft«, dachte Paulina im stillen.

Ihr erschien es als Mißachtung aller menschlichen Gefühle, daß adliges Blut nur zu gleichem finden durfte, und ein Edelmann immer eine Dame von hoher Geburt ehelichen mußte.

»Vielleicht will es das Schicksal so, und ich verliebe mich in einen armen Kutscher«, sie lächelte bei dem Gedanken, »oder in einen gemeinen Soldaten, der mir materiell nichts weiter bieten kann als seine schmucke Uniform.«

Diese Überlegungen kamen ihr, als sie die Wachen vor dem Regierungsgebäude sah, die das Gewehr präsentierten, als ihre Kutsche das Tor passierte, vor dem die Flagge ihres Landes im Wind flatterte.

Sie sprang aus der Kutsche und eilte ins Haus.

»Wo ist Seine Exzellenz«, fragte sie die Diener in der Halle.

»Im Arbeitszimmer, gnädiges Fräulein«, wurde ihr beschieden.

Sie lief den Flur entlang und stürzte zu ihrem Vater hinein, in der Hoffnung, ihn allein anzutreffen, und sie hatte Glück.

Sir Christopher saß bequem in einem tiefen Lederarmsessel, eine Zeitung lag ausgebreitet auf seinen Knien, obwohl er den Kopf an die Lehne zurückgelegt und die Augen geschlossen hielt.

»Papa, bitte wach auf, Papa!« rief Paulina, während sie auf ihn zueilte.

»Hallo, meine Liebe«, antwortete Sir Christopher mit verschlafener Stimme. »Ich muß ein wenig eingenickt sein.«

Paulina nahm ihr Hütchen vom Kopf, warf es in einen Sessel und kniete neben ihrem Vater nieder, ihre weiten Röcke um sich ausgebreitet.

»Hör mir zu Papa!«

Sir Christophers Blick ruhte auf ihrem Gesicht, während sie zu ihm sprach. Ein stechender Schmerz durchfuhr sein Herz, als er feststellte, wie ähnlich seine Tochter doch ihrer Mutter war.

Allein schon der Gedanke an seine Frau, die er so sehr geliebt hatte, ließ den alten Kummer über ihren Verlust wieder aufbrechen, und er legte Paulina die Hand auf die Schulter, als wolle er sie immer an sich binden und nie von seiner Seite lassen.

»Ich komme soeben aus dem Schloß, Papa«, berichtete sie atemlos, »und was glaubst du, ist geschehen?«

Sir Christopher lächelte:

»Der Großfürst Vladirwitsch hat beschlossen zu heiraten?«

»Oh, du weißt es also schon!« rief Paulina aus.

»Der Ministerpräsident berichtete mir davon, als ich ihn heute nachmittag nach einer Konferenz verließ. Eine große Ehre. Nicht nur für den Großherzog, sondern auch für das ganze Herzogtum.«

»Und du glaubst, Margarita wird glücklich sein?« fragte sie.

Ihr Vater zuckte mit den Schultern.

»Wir können es nur hoffen. Es gibt keinen Anlaß zu glauben,

daß Vladirwitsch seinem Cousin, dem Zaren, ähnlich ist, zumindest wollen wir das um deiner Freundin willen hoffen.«

Paulina seufzte.

»Die Prinzessin sagt, sie wird nur nach Rußland gehen, wenn ich sie begleite!«

Sir Christopher richtete sich steif auf und erstarrte.

»Was sagst du da?«

»Sie bat mich, ihre Kammerzofe zu werden, da sie in dieser Situation dringend einer Vertrauten bedarf, und sie will nur mich. Die Begleitung der Baronin hat die Prinzessin kategorisch abgelehnt.«

»Aber weshalb denn gerade dich?«

»Ich glaube, sie liebt mich, und sie hat mir ihr volles Vertrauen geschenkt.«

Der Blick aus Sir Christophers Augen war in die Ferne gerichtet, als er nachdenklich sagte:

»Das ist etwas, was ich nicht bedacht und erwartet habe.«

»Ich ebensowenig«, pflichtete Paulina ihm bei. Beide schwiegen eine Zeitlang, dann fuhr sie fort:

»Du weißt, daß ich es mir nicht vorstellen kann, dich zu verlassen, Papa, aber die Prinzessin will ohne mich nicht nach Rußland gehen. Außerdem weißt du, daß sie diesen Liebesdienst auch von mir verlangen könnte. Doch damit ist wohl niemandem gedient, und sicherlich würde es nur Unannehmlichkeiten mit sich bringen.«

»Da stimme ich dir zu«, gab Sir Christopher Paulina recht, und nach einer Weile des Nachdenkens fügte er hinzu:

»In gewisser Weise ist der Aufenthalt in Rußland bestimmt sehr interessant und lehrreich für dich.«

Lächelnd erzählte Paulina ihrem Vater dann, daß die Prinzessin den Zaren überreden wolle, ihn als Gesandten nach St. Petersburg berufen zu lassen.

Sir Christopher brach in Lachen aus.

»Das halte ich für mehr als unwahrscheinlich, nachdem ich in

Ungnade gefallen bin, aber man kann nicht wissen, wie die Dinge sich entwickeln.«

»Darf ich ihr sagen, daß du mich gehen läßt, Papa?«

»Ich will dich nicht dazu drängen, wenn du nicht möchtest«, antwortete Sir Christopher. »Wenn du dich zu der Reise entschließt, wird es für viele Monate sein, und ich muß versuchen, ohne dich auszukommen.«

»Aber du wirst mich doch vermissen, ja Papa?«

»Natürlich, mein liebes Kind, nie darfst du daran zweifeln. Du weißt doch, wieviel du mir bedeutest. Ich werde mich sehr einsam fühlen ohne dich.«

Paulina lächelte glücklich.

»Ich glaube, du wirst liebenswerte Damen finden, die begierig darauf sind, dich zu trösten. Im Ernst, lieber Papa, ich war eben sehr gespannt, ob ich hier bei dir die Baroneß von Butzweil antreffen würde, wie sie bewundernd zu dir aufblickt.«

Vater und Tochter brachen in herzliches Gelächter aus.

»Sie ist wirklich ungewöhnlich schön«, begann Paulina wieder, »obwohl ich glaube, daß sie im Wesen und in ihrer liebenswerten Art der Contessa Valmaro doch nachsteht.«

Sir Christopher warf den Kopf zurück und lächelte amüsiert.

»Anstatt mir von dir eine geeignete Frau für mich aufschwatzen zu lassen, sollte ich wohl besser nach geeigneten Freiern für dich Ausschau halten!«

»Ich bin lediglich darauf bedacht, dich nicht einsam zu wissen ohne mich, lieber Papa, weil ich für meinen Teil dich schrecklich vermissen werde. Und bitte, versprich mir, daß du eine Vereinbarung triffst, wenn ich demnächst die Prinzessin begleiten werde, daß ich nach Ablauf von zwei, höchstens drei Monaten zurückkehren kann, wie ein Paket, intakt und unbeschädigt.«

Sir Christopher brach erneut in Lachen aus.

»Da kannst du ganz sicher sein, und ich gestehe, auch nur drei Monate sind doch eine lange Zeit.«

»So wird es auch für mich sein, Papa«, flüsterte Paulina zärtlich, »und bitte mache deine Einwilligung, daß ich die Prinzessin begleite, von der Bedingung abhängig, daß ich im Juli wieder zurückkehren darf.«

»Falls du länger fernbleibst, werde ich selbst kommen, um dich zu holen!« versprach Sir Christopher.

Paulina legte ihre Arme um seinen Nacken.

»Ich liebe dich, Papa, und ich bin gern in deiner Nähe, aber ich bin auch ganz gefangen von der Prinzessin, und ich habe das Gefühl, daß es meine Pflicht ist, zu versuchen, sie glücklich zu machen.«

»Ich glaube, das vermag nur ein liebender Ehegatte«, antwortete Sir Christopher knapp. »Aber du kannst sicherlich etwas von ihrem Mißtrauen und ihren Zweifeln zerstreuen, ein Mitglied der Familie des Zaren zu werden.«

»Ist der Zar wirklich derart grimmig und dabei doch so ehrfurchtgebietend?«

»Ich glaube, viele der Gerüchte über ihn sind zu phantastisch, um glaubhaft zu sein«, antwortete Sir Christopher, »aber ohne Zweifel ist er ein aufopferungsvoller und liebevoller Familienvater, wie Prinzessin Margarita noch feststellen wird, wenn sie erst in die Familie aufgenommen ist.«

»Das ist sicherlich ein beruhigender Gedanke«, spöttelte Paulina lächelnd.

»Trachte danach, die Gerüchte über seine Kaiserliche Majestät von ihr fernzuhalten«, riet ihr Sir Christopher.

»Ich werde mein Bestes tun«, versprach Paulina, »aber es gibt immer Menschen, die glauben, die Prinzessin müsse alle böswilligen Gerüchte wissen, und prophezeien, das sei es, was ihr begegnen werde.«

»Ich würde denen raten, ihre Zunge im Zaume zu halten!« sagte Sir Christopher scharf. »Aber du tust recht daran, mein Liebling, zu versuchen, ihr die Zukunft so glücklich wie möglich auszumalen. Gott weiß, es geschieht viel zu leicht, im Leben dann enttäuscht zu sein.«

Paulina legte ihre Hände in die seinen.

»Auf dem Heimweg vom Schloß gingen mir wieder einmal die Gedanken durch den Kopf, wenn ich einmal heirate, dann nur aus Liebe, damit ich genauso glücklich werde, wie du und Mama es gewesen seid.«

»Das ist es, worum auch ich in meinen Gebeten bitte«, gab Sir Christopher darauf zur Antwort, »aber gib dich keiner allzu trügerischen Hoffnung hin, mein liebes Kind, es ist nicht leicht, in diesen schwierigen und turbulenten Zeiten einen Menschen zu finden, der so gut zu einem paßt wie die andere Hälfte des eigenen Selbst.«

»So habe ich euch, dich und Mama, immer gesehen, ihr habt euch ideal ergänzt. Mama war so liebenswert, weiblich und dabei klug, und du stark, selbstbewußt und männlich.«

»Ich habe sie sehr geliebt und verehrt«, gab Sir Christopher mit leiser Stimme zurück, »und nichts und niemand wird je ihren Platz einnehmen können. Aber, Paulina, wenn du älter bist, wirst du herausfinden und lernen müssen, daß das Leben weitergeht. So sehr wir heute auch leiden mögen, wir alle müssen uns dem Morgen, der Zukunft stellen.«

»Das weiß ich«, erwiderte Paulina, »und es wäre sehr selbstsüchtig zu erwarten, jeden Tag glücklich zu sein, während andere Menschen Leid erdulden müssen.«

»Das ist uneigennützig philosophisch gedacht, wenn auch nur ein schwacher Trost«, entgegnete Sir Christopher nüchtern.

Paulina küßte ihn auf die Wange.

»Ich werde die Prinzessin begleiten«, sagte sie dann entschlossen, »aber ich werde auch die Tage zählen bis zu meiner Rückkehr zu dir, Papa. Du wirst mir sehr fehlen, unsere gemeinsamen Plauderstündchen, wenn ich deiner lieben, tiefen und ruhigen Stimme lausche, die allein schon alles, was du sagst, hörenswert macht.«

»Du schmeichelst mir!« wehrte Sir Christopher ab, »aber von dir höre ich es gern.«

Er nahm sie zärtlich in seine Arme und bat sie:

»Versprich mir, mein Schatz, daß du gut auf dich aufpassen wirst. Die russischen Männer sind sehr charmant und äußerst beredt. Sie wissen zu schmeicheln und einer schönen Frau den Kopf zu verdrehen. Komplimente kommen ihnen leicht von den Lippen, aber vergiß nicht, sie heiraten nur um eines Vorteils willen, und aus keinem anderen Grund.«

Paulina rieb zart ihre Wange an der seinen.

»Was du mir mit deinen verschlüsselten Worten, liebster Papa, sagen willst, heißt wohl, daß die adligen russischen Männer am Hofe mir schöne Augen machen werden, um mich zur Liebe zu gewinnen, ohne einen Gedanken daran zu verschwenden, mich zur Frau zu nehmen.«

»Das ist traurig, aber offengestanden die Wahrheit«, gab Sir Christopher zu. »Ähnlich wie die Mitglieder der Königlichen Familie, so kann auch kein russischer Adliger heiraten, ohne die Zustimmung des Zaren. In den meisten Fällen wählt er deren Frauen nach eigenem Gutdünken und zu seinem Vorteil aus. Sie haben keine Möglichkeit, seine Entscheidung zu revidieren.«

»Zumindest ist eines sicher, daß seine Kaiserliche Majestät, der Herrscher über alle Reußen, sich nicht mit der Kammerzofe der Prinzessin Margarita abgeben wird, die weiter nichts zu bieten hat, als daß ihr Vater der bestaussehende Diplomat in ganz Europa ist.«

Sir Christopher lachte nach diesen Worten seiner Tochter hell auf und stimmte ihr zu.

»Soweit das deinen Status betrifft, entspricht es der Wahrheit.«

»Also, lieber Papa, mach dir meinetwegen keine Sorgen. Du weißt, ich habe mir stets die feurigen italienischen Kavaliere auf Armeslänge vom Leib gehalten, obwohl auch sie sehr geschickt und beredt mit Worten umzugehen wissen.«

»Ich habe dich beobachtet, du hast sie sehr klug behandelt«, bestätigte Sir Christopher anerkennend. »Aber die ›Russischen

Adler‹, wie man sie nennt, haben ihre ganz eigene Art, einer Frau den Kopf zu verdrehen und sie ihren Wünschen gefügig zu machen.«

»Ich werde immer auf der Hut sein«, versprach Paulina, »und nicht nur meine Ohren verschließen, sondern auch die Tür zu meiner Kammer verriegeln.«

Zu ihrer Verblüffung lächelte ihr Vater nicht, sondern schloß seine Arme enger um sie.

»Ich muß von Sinnen sein, dich gehen zu lassen«, sagte er schließlich wie zu sich selbst. »Rußland ist anders als alle Länder, die du bisher kennengelernt hast, und einige seiner charmanten Männer haben schon mancher liebenswerten Frau den Untergang und Ruin beschert.«

Hoffentlich bleibt mir dergleichen erspart, dachte Paulina. Dann konnte sie nicht anders, als sich die vielen Frauen ins Gedächtnis zu rufen, die mit erstaunlicher Diskretion zu ihrem Vater in Liebe entflammt waren.

›Aber, ob Verliebtsein nicht unbekümmert und unvorsichtig macht‹, dachte sie.

Aber sie war Engländerin, und Engländer pflegten ihre Gefühle unter Kontrolle zu halten und zuerst zu denken, bevor sie handelten.

Sie und ihre Mutter hatten sich oft amüsiert über die Extravaganzen, die Überschwenglichkeit und die Gefühlsausbrüche der Fremden.

»Sie können nicht anders«, hatte Lady Handley mehr als einmal geäußert. »Wir sind von Kindheit an dazu erzogen, uns in der Öffentlichkeit nicht gehenzulassen, die Beherrschung nicht zu verlieren, und diese Art der Selbstdisziplin verläßt uns in keiner Situation während unseres ganzen Lebens.«

Paulina erinnerte sich stets an diese Worte ihrer Mutter, wenn sie miterlebte, wie Frauen untröstlich über den Verlust eines geliebten Menschen wehklagten, und Männer sich in ihrer Ehre verletzt fühlten und zum Duell forderten.

Solche Gefühlsausbrüche erschienen ihr geradezu theatralisch und nicht ganz aufrichtig. So hatte sie auch in Italien über die überschwenglichen Komplimente im stillen eher lachen müssen, als sie ernst nehmen können.

»Es wird alles gut werden«, beruhigte sie laut ihren Vater, »und wenn ich mich einmal verliebe, dann nur in einen netten, aufrichtigen Engländer! Wir würden nichts Unrechtes tun, sondern so schnell wie möglich heiraten und immer ein glückliches Leben führen.«

»Das wünsche ich mir für dich«, antwortete Sir Christopher, »aber, mein liebes Kind, Liebe ist unberechenbar, und wenn du sie erlebst, fühlst du dich, als hättest du Flügel und könntest in den Himmel davonschweben.«

2

»Ich fürchte mich«, flüsterte die Prinzessin mit leiser Stimme.

Paulina wandte sich von der Tür ab, von wo aus sie über die See hinausgeblickt hatte.

»Warum?« fragte sie.

Die Prinzessin sprach leise und verstohlen zu ihr und bediente sich des Englischen.

Bevor sie die Reise nach Rußland antraten, hatte der Großherzog Louis sie beide in seine Privatgemächer beordert.

»Ich möchte, daß ihr mir genau zuhört«, hatte er mit einem ernsten Tonfall in seiner Stimme gebeten.

Paulina hatte ihn überrascht angeschaut; verwundert und erwartungsvoll, was er ihnen zu sagen haben würde.

Der Großherzog schwieg einen Augenblick lang, so als suche er nach den richtigen Worten. Dann begann er:

»Ihr seid beide klug und alt genug, um zu wissen, daß Rußland ein fremdartiges Land ist und sich sehr von den uns bekannten

Ländern unterscheidet. Die dortige Geheimpolizei genießt einen Ruf, der in ganz Europa unrühmlich bekannt ist.«

Paulina wußte davon durch ihren Vater, bezweifelte aber, daß auch die Prinzessin davon Kenntnis hatte.

»Nachdem Zar Nikolaus den Thron bestiegen hatte«, fuhr der Großherzog fort, »reorganisierte er die Geheimpolizei und schuf eine neue Abteilung, bekannt als ›Dritte Sektion‹.«

»Das klingt nicht sehr einladend«, war die Reaktion der Prinzessin gewesen.

»Das ist es auch nicht«, antwortete der Großherzog ruhig. »Der Zar hat die oberste Leitung, oder besser das Kommando, seinem engen Freund, Graf Benckendorff, übertragen und angeordnet, daß diese Abteilung als eine Art oberste moralische Instanz in jeder russischen Stadt zu fungieren hat.«

Ihm schien, während er dies sagte, als habe seine Tochter unwissend und ungläubig dreingeschaut, aber er war davon überzeugt, daß Paulina eine Vorstellung von dem hatte, welche Bedeutung und Macht dadurch der ›Dritten Sektion‹ gegeben war.

Paulina wußte, daß es die ständige strenge Überwachung der Intellektuellen bedeutete, aber auch die einfachen Leute gleichermaßen in Schrecken versetzte.

Aber ihr Vater hatte sich nur allgemein und ausweichend dazu geäußert, welche Folgen das im einzelnen hatte.

»Ich sage euch dies«, fuhr der Großherzog fort, »damit ihr größte Bedachtsamkeit walten laßt, bei allem, was ihr in Rußland bei Hofe oder anderswo tut und sagt, besonders dann, wenn ihr belauscht werden könnt.«

»Du meinst, diese Spione würden uns mit voller Absicht bespitzeln?« fragte die Prinzessin nach.

»Sie werden euch nicht nur belauschen«, erklärte der Großherzog leicht gereizt, »sondern auch jedes Wort, das ihr aussprecht, an den Zaren weitergeben.«

»Warum sollte er daran interessiert sein?« wollte Prinzessin Margarita wissen.

Diesmal lächelte der Großherzog bei ihrer Frage.

»Die natürliche Neugierde jedes Menschen ist bei den Russen besonders stark ausgeprägt, und der Zar liebt es, sich ein genaues Bild seiner Untertanen zu machen, zu denen auch du, mein liebes Kind, bald gehören wirst.«

»Es erscheint mir undenkbar und lächerlich, nicht mit jedem reden zu können, ohne daß man belauscht und jedes Wort an den Zaren weitergegeben wird«, rief die Prinzessin ärgerlich aus.

»Da stimme ich dir völlig zu«, antwortete der Großherzog, »du mußt verhindern, daß dies in deinem eigenen Palast geschehen kann.«

»Da kannst du ganz sicher sein, dafür werde ich sorgen.«

Die beiden jungen Mädchen hatten bisher mit keinem Wort über dieses Gespräch, das der Großherzog Louis mit ihnen geführt hatte, geredet. Doch Paulina war sicher, daß die Prinzessin als Vorsichtsmaßnahme in einer Sprache mit ihr reden würde, von der sie glaubte, daß sie in ihrer neuen Heimat von den meisten Menschen nicht verstanden würde.

Um das Belauschen noch schwieriger zu machen, bediente Paulina sich gleichzeitig des Ungarischen.

»Warum fürchtet Ihr Euch?« fragte sie und näherte sich bei diesen Worten Margarita, die auf einem Sofa ruhte, um sich zu ihr zu setzen.

Bisher war ihre Reise durch Preußen in aller Bequemlichkeit vonstatten gegangen. Sie waren unterwegs in einer Weise gefeiert und umjubelt worden, die deutlich machte, daß sie nicht nur akzeptiert, sondern geliebt wurden, wegen der bevorstehenden Ehe mit dem Großfürsten, die Prinzessin Margarita mit der Billigung des Zaren einzugehen im Begriffe stand.

Im Hafen von Stettin erwartete sie ein Luxusschiff des Zaren, mit dem sie die Reise zur See fortsetzten.

Als sie an Bord gingen, fühlte Paulina fast körperlich, daß sie jetzt eine Grenze überschritten, die sie von einem ihnen bekannten Land trennte, um ein geheimnisvolles, fremdartiges und ihnen beiden gänzlich unbekanntes Land zu betreten, das die neue Heimat der Prinzessin werden sollte.

Paulina war jedoch, nachdem sie in See gestochen waren, zu sehr fasziniert von dem Neuen, das sie sah, um sich weitere Gedanken zu machen.

Das Schiff war prächtiger als alle, welche sie jemals zuvor gesehen hatte. Die Kabinenwände waren mit edlen Hölzern getäfelt, die Böden mit wertvollen Teppichen ausgelegt, und die Fenster waren mit wertvollen Seidenvorhängen ausgestattet.

Der Admiral der Flotte, Prinz Grundorinski, und ein junger Mann, Graf Stroganov, begrüßten sie an Bord.

Beide behandelten sie mit äußerster Zuvorkommenheit und verwöhnten die Prinzessin mit Komplimenten und Artigkeiten, die einen Vorgeschmack auf den warmherzigen Empfang in St. Petersburg ahnen ließen.

Die Mahlzeiten waren vorzüglich, und eine Musikkapelle spielte unaufdringlich schöne russische Weisen.

Mit der Ankunft in Stettin lag ein großer Teil ihrer weiten Reise bereits hinter ihnen. Paulina und die Prinzessin waren so erschöpft, daß sie einander ohne viele Worte ›Gute Nacht‹ wünschten, als sie nach dem vorzüglichen Abendessen ihre Kabinen aufsuchten.

Jetzt, nach dem Frühstück, waren sie allein, und Paulina fühlte, daß die Prinzessin ihr etwas anvertrauen wollte.

»Ich fürchte mich so sehr«, sagte sie, »ich sehne mich nach meinem Papa... ich habe Heimweh, und ich bin nicht sicher..., den Großfürsten heiraten zu wollen... oder überhaupt irgendeinen anderen Mann.«

Paulina lächelte, bevor sie antwortete:

»Natürlich wirst du heiraten, denn du bist so wunderschön, daß es immer Männer geben wird, die dich liebend gern als ihre Gattin sehen würden.«

Prinzessin Margarita antwortete nicht sogleich und umfaßte

Paulina, als sei sie ein Rettungsring in einer stürmischen See.

»Angenommen«, flüsterte sie, »ich... wenn er mir nun überhaupt nicht gefällt, wenn ich ihn... erst einmal kennengelernt habe?«

Das war ein Gedanke, den Paulina auch schon einmal erwogen hatte. Während sie nach Stettin unterwegs waren, hatte sie darüber nachgedacht, welches wohl ihre Gefühle sein würden, wenn sie sich, statt der Prinzessin, auf dem Weg in ein fremdes Land befände, um einen Mann zu heiraten, den sie nicht kannte.

»Das wäre entsetzlich«, bekannte sie.

Paulina bestärkte dies alles in der Absicht und Gewißheit, sich nie dazu überreden zu lassen, einen Mann aus irgendeinem anderen Grund zu heiraten als aus Liebe.

Doch sie wußte auch nur zu gut, daß diese Möglichkeit Mitgliedern aus Adelskreisen nicht offenstand.

Sie blickte auf die Prinzessin, die pessimistisch und verängstigt dasaß. Obwohl sie gleichaltrig waren, fühlte Paulina sich ihr an Erfahrung und Klugheit überlegen.

»Es wird alles gut werden«, tröstete sie Margarita, »ich fühle es. Wenn der Großfürst dich erst kennt, muß er dich liebgewinnen, und ich bin sicher, daß auch du ihn schätzen und lieben wirst, nachdem jedermann von ihm sagt, wie charmant und liebenswert er ist.«

»Aber angenommen, es ist... nicht so?« beharrte die Prinzessin.

»Du wirst ihn liebgewinnen«, erwiderte Paulina zuversichtlich, in der Hoffnung, die Prinzessin in eine optimistischere Stimmung zu versetzen.

Margarita erhob sich und ging hinüber zum Kabinenfenster und blickte über die eintönig graue See hinweg in die Ferne. Der Himmel war wolkenverhangen und trüb.

Paulina begab sich an ihre Seite, und während sie eng nebeneinanderstanden, entrang sich der Prinzessin ein tiefer Seufzer:

»Ich hasse ihn... und Rußland... Ich möchte davonlaufen!«

Sie seufzte wiederum auf und flehte:

»Versprich mir, bitte versprich mir, Paulina, daß du bei mir bleibst, was auch geschehen mag.«

»Aber natürlich, meine Liebe«, antwortete Paulina, »aber ich bin zufiefst überzeugt, es wird alles gut werden! Der Großherzog hat erklärt, der Großfürst besitze sein volles Vertrauen, und ich weiß, er hätte sonst nie die Einwilligung zu dieser Heirat gegeben!«

»Papa denkt nicht an mich, sondern nur an Altauss«, fuhr die Prinzessin gereizt auf. »O Paulina, du kannst dich glücklich schätzen, keine Adlige zu sein, die man einfach verheiraten kann.«

Das waren auch Paulinas Gedanken, aber sie hielt es für verfehlt, dieses zuzugeben, statt dessen erwiderte sie auf italienisch und verfiel, wie häufig, wenn sie allein waren, in das vertraute Du.

»Ich glaube, wir sollten anfangen, vorsichtig zu sein, mit dem, was wir zueinander sagen. Du willst sicher nicht, daß der Zar von deinen Gedanken erfährt.«

»Das ist auch etwas, was mich sehr erschreckt. Wer mag uns belauschen? Wer läuft tuschelnd zu seiner Kaiserlichen Majestät und erzählt, ich sei verängstigt und besorgt?«

»Vielleicht haben sie Gründe für ihr Tun«, sagte Paulina mit einem Lächeln.

»Nicht für mich«, wies die Prinzessin mit Schärfe zurück. »Ich möchte glücklich sein; ich möchte zu Hause in Altauss sein; fröhlich und unbekümmert mit all den Kavalieren, die so gut tanzen können, lustig sein und mir Komplimente machen lassen.«

Paulina lachte.

Ihr wißt, daß sie Euch sehr bald langweilen würden. Sie wiederholen morgen genau das, was sie heute sagen, und am Tage darauf wieder dasselbe.«

Darüber mußte auch Prinzessin Margarita lachen.

»Das ist wahr, aber glaubst du, daß die Russen einfallsreicher sind?«

»Wir können nur abwarten und es herausfinden«, gab Paulina zur Antwort.

Am nächsten Tag herrschte klares, sonniges Wetter, und die See war ruhig. Die Türme von Tallin tauchten in der Ferne auf. Von dort hatten sie noch eine 24-Stunden-Seereise bis St. Petersburg vor sich, wie ihnen der Admiral erzählte.

An diesem klaren Abend leuchtete das Nordlicht auf, und die See schien durchsichtig und glatt wie Glas. Nach dem Nachtmahl gingen Paulina und die Prinzessin, eingehüllt in Pelze, an Deck in Begleitung der Offiziere, erwartet von der russischen Mannschaft, die sich zu Tanz und Gesang versammelt hatte.

Paulina hatte mit großer Spannung und Erregung die Tanzdarbietungen der Russen verfolgt, die sie zum erstenmal erlebte, und sie war überrascht von der Anmut und Geschmeidigkeit ihrer Bewegungen. Gewaltige Luftsprünge, bei denen sie einen wilden Gesichtsausdruck aufsetzten, wechselten mit graziösen und anmutigen Schritten und Tanzfiguren. Dazu sangen sie mit dunklen melodischen Stimmen, und Paulina fühlte sich seltsam fasziniert und angezogen.

Mit ihrem Vater, der Musik sehr liebte, war sie in Italien oft in die Oper gegangen, und einige der berühmtesten Sänger waren der Einladung in die Gesandtschaft gefolgt, um die Gäste bei Festlichkeiten zu unterhalten.

Aber die Musik und der Gesang der Russen waren anders, fremdartig einschmeichelnd, sie weckten in ihr Empfindungen, die eine ihr bisher fremde Saite in ihr anrührten mit einer nie vorher erlebten Ausdrucksstärke. Ihr Körper begann sich im Rhythmus zu wiegen, ihr Herz pochte, sie fühlte sich eins mit den Sternen.

Als sie später am Abend zurück in ihre Kabinen gingen, war sie daher höchst überrascht, als die Prinzessin zu ihr sagte:

»Ich hoffe sehr, daß die Zerstreuungen in St. Petersburg von angenehmerer Art sein werden!«

»Angenehmer?« fragte Paulina.

»Ist dir aufgefallen, wie grobschlächtig und schmutzig einige aus der Mannschaft waren. Und für eine musikalische Darbietung hatte ich auf etwas mehr Natürlichkeit gehofft.«

Paulina antwortete nicht. Sie gab der Prinzessin nur einen flüchtigen Gute-Nacht-Kuß und suchte ihre eigene Kabine auf.

Allein mit sich, ahnte sie, daß sie heute abend etwas von der russischen Seele erlebt und erfühlt hatte, von dem die Prinzessin unberührt geblieben war.

Am folgenden Morgen erreichten sie Kronstadt. In dem in den Fels gehauenen Hafen lag eine große Anzahl von Kriegsschiffen vor Anker, während die offene See wie mit Schiffen aller Typen übersät aussah: Frachtschiffe, Fregatten, Sturmboote, Postschiffe, schwimmende Leuchttürme – Schiffe aller Größen und Arten aus aller Herren Länder.

Schon bald danach kamen sie in Neva an, und es war nun nicht mehr weit bis St. Petersburg.

Paulinas Erwartungen aufgrund der Schilderungen ihres Vaters wurden beim Eintreffen im Hafen noch weit übertroffen.

Vom Deck ihres Schiffes sah sie die gewaltigen Kuppeldächer der Kirchen, blau, grün und golden verziert, und die aufragenden vergoldeten Turmspitzen glänzten in der Sonne und ließen die Stadt freundlich und einladend erscheinen. Paulina erhoffte sich für die Prinzessin, daß diese einen ähnlich romantischen Eindruck gewann wie sie selbst.

Eine große Zahl prunkvoll gekleideter Höflinge erwartete sie, als ihr Schiff langsam am Kai entlangglitt, um später am Liegeplatz anzulegen. Und dann kam Großfürst Vladirwitsch als erster an Bord, um sie willkommen zu heißen.

Diesen Augenblick, Paulina wußte es, hatte die Prinzessin am meisten gefürchtet.

Margarita war angetan mit einem wunderschönen weinroten Reisekostüm, das ihre dunkelhaarige Schönheit und ihre zierliche Figur besonders hervorhob. Als sie ihren künftigen Ehegatten mit einem artigen Knicks begrüßte, schien es Paulina, keine andere Frau könne attraktiver und begehrenswerter sein.

Während Paulina die Begrüßungszeremonie beobachtete, überfielen sie wieder ihre Ungewißheit und Zweifel, was für ein Mann der Großfürst sein würde.

Wie oft hatte sie im Laufe der Jahre davon gehört, daß ein Prinz auf Freiersfüßen seine künftige adlige Braut nur von einem Portrait her kannte. Die Kunst des Malers hatte häufig eine Schönheit vorgetäuscht, die sich dann als kleinwüchsig, rundlich und wenig begehrenswert herausstellte.

Dasselbe Schicksal erwartete nicht selten auch eine heiratsfähige Prinzessin, die nach einer langen beschwerlichen Reise quer durch Europa, von einem trägen, schon recht betagten Bräutigam zum Traualtar geführt wurde, der nur in der Hoffnung auf einen Erben eine zweite Ehe einging.

Aber der Großfürst war zweifellos eine beeindruckende Erscheinung.

Er hieß sie mit wohlgesetzten Worten willkommen, küßte der Prinzessin galant die Hand und schien sehr angetan von ihrer jugendlichen Schönheit.

Der Großfürst trug eine weiße, goldbetreßte Uniform, kniehohe Stiefel, einen vergoldeten Brustharnisch und einen ebensolchen Helm. Paulina hielt es für unmöglich, daß die Prinzessin von seiner eleganten Erscheinung nicht beeindruckt sein könnte.

Der vergoldete Adler auf dem Federbusch des Helms verriet Paulina, daß der Großfürst die Uniform der Husaren angelegt hatte.

»Ich habe sehnsüchtig die Stunden bis zu diesem Tag gezählt«, sagte er, ruhig die Hand der Prinzessin in der seinen haltend, »und jetzt seid Ihr hier, mir kommt es noch vor wie ein Traum.«

Seine Stimme klang sanft und tief, und als Paulina den Anflug zarter Röte auf den Wangen der Prinzessin bemerkte, schien es ihr undenkbar, daß sie sich seinem Charme entziehen könnte.

Nachdem sie in den offenen Kutschen Platz genommen hatten, sah Paulina, wie sich der Großfürst angeregt mit der Prinzessin unterhielt und sie dabei strahlend und bewundernd anblickte.

Paulina fiel ein Stein vom Herzen, und ihre Aufmerksamkeit wurde schon bald von der Stadt St. Petersburg gefangengenommen.

Ihr Vater hatte ihr von den pompösen und grandiosen Gebäuden und Palästen, den breiten Straßen und ausgedehnten Plätzen erzählt, inmitten derer die Menschen klein wie Zwerge wirkten, und selbst die Kutsche schien zu einer Nußschale zusammenzuschrumpfen.

Die Stadthäuser der reichen Aristokraten, von denen die meisten an Größe und Prunk dem kaiserlichen Palast nur wenig nachstanden, erstrahlten in den Farben der jeweiligen Besitzer; Weiß, Cremefarben, Königsblau, Lila, Lachsfarben oder Gelb. Ihr Vater hatte ihr zwar von dieser Besonderheit erzählt, aber leider konnte sie sich nicht mehr an die Bedeutung der Farben erinnern.

Die Farbe des Winterpalastes war kastanienbraun, die Ausmaße so gewaltig, daß Paulina sich nur schwer vorstellen konnte, daß darin wirklich Menschen wohnten und lebten.

Vor dem Palast wimmelte es von einer großen Anzahl Menschen, doch schon bald konnte sie erkennen, daß es sich hierbei um die ganz normale Schar der Bediensteten handelte, die für das Wohl und die Bequemlichkeit der Bewohner sorgten; Kutscher, Lakaien, Diener, Ausrufer und viele andere.

Als der Großherzog mit seinem Gefolge, bestehend aus sechs Kutschen, auf dem erhöhten Damm nach Neva einfuhr, war Paulina aufgefallen, daß niemand von den geschäftig hin und her eilenden Menschen auf den Straßen ihnen freundlich zugewinkt hatte.

In Altauss dagegen ertönten Jubel- und Hochrufe, Kinder warfen Blumen in die offene Kutsche, wann immer der Großherzog sich öffentlich zeigte, und das Lächeln und die Begeisterung in den Gesichtern der Untertanen zeugten von seiner Beliebtheit.

Die ihnen bisher auf ihrem Weg begegneten Russen dagegen blickten entweder stur geradeaus oder senkten ihren Blick zu Boden, so, als fürchteten sie, bemerkt zu werden.

Die Menschen hier scheinen nicht besonders glücklich zu sein, dachte Paulina bei sich, aber das war etwas, worauf sie die Prinzessin nicht hinweisen durfte.

Dann wurde ihre Aufmerksamkeit wieder von den Geschehnissen um sie herum abgelenkt; prachtvoll uniformierte Wachsoldaten standen Spalier, und Palastbedienstete in silberfunkelnden Livreen führten sie in den Palast. Obwohl Paulina sich noch sehr gut an die Erzählungen ihres Vaters erinnerte, war sie beim Anblick dieser atemberaubenden Pracht und Schönheit wie geblendet. Die hohen, vergoldeten Säulen, die Kristalleuchter, die Gemälde, die gewölbten, verzierten Decken in den langen Gängen und Fluren waren so beeindruckend, daß es ihr unmöglich war, den Erklärungen des sie begleitenden Offiziers zu lauschen.

Schließlich gelangten sie in die Gemächer des Zaren, wo seine Kaiserliche Majestät und die Zarin sie erwarteten.

»Zar Nikolaus ist zweifelsohne der am meisten beeindrukkende, aber auch einschüchterndste Herrscher in Europa«, hatte Sir Christopher Paulina noch vor ihrer Abreise gewarnt.

»Irgend jemand, ich habe vergessen, wer es war, hat mir erzählt, er habe ein sehr einnehmendes Wesen«, war Paulinas Entgegnung gewesen.

»Als der Zar vor zehn Jahren Windsor Castle besuchte«, fuhr Sir Christopher damals fort, »hatte die Königin geäußert, das Geheimnis des furchterregenden Äußeren des Zaren liege in dem leicht asymmetrischen Blick seiner Augen, wie ein ›Nagel in weißglühender Glut‹.«

Paulina hatte über diesen Vergleich lachen müssen.

»Was hat Ihre Majestät denn damit gemeint?«

»Sie schrieb«, hatte ihr Vater geantwortet, »der Zar ist zweifellos ein äußerst ungewöhnlicher und beeindruckender Mann. Sein Profil ist männlich markant, aber der Ausdruck seiner Augen ist furchterregend, wie ich ihn noch nie zuvor bei jemandem gesehen habe.«

Während Paulina sich dieses Gesprächs entsann, beobachtete sie den Zaren aufmerksam, der zuerst den Großfürsten und dann die Prinzessin begrüßte, und ihr wurde klar, was die Königin gemeint hatte.

Der Zar machte nicht nur einen furchterregenden Eindruck, von ihm schien auch etwas Unbarmherziges und Mitleidloses, ja geradezu Unmenschliches auszugehen.

Paulina war so verwirrt von seiner Erscheinung, daß sie den Hofknicks versäumte, als sie der Zarin vorgestellt wurde.

Die Zarin, eine geborene Preußin, zart und liebreizend, war das genaue Gegenteil ihres furchterregenden Gatten.

Sie lächelte Paulina freundlich zu, ohne jedoch das Wort direkt an sie zu richten, und wandte sich gleich an die übrigen Mitglieder aus der Begleitung der Prinzessin, die der Großherzog Louis ihr von Altauss mitgegeben hatte.

Erst als Paulina der Prinzessin über eine weite Treppe zu ihren Gemächern folgte, glaubte sie wieder frei atmen zu können.

Die Räume, die man ihnen zugewiesen hatte, waren unvorstellbar prunkvoll eingerichtet. Auch Paulinas Zimmer waren weitaus größer und luxuriöser als zuletzt in Altauss oder wie die Räumlichkeiten, die sie jemals, wo auch immer sie mit ihrem Vater gelebt hatte, bewohnt hatte.

Eine Zofe war der Prinzessin beim Ablegen der Reisekleidung behilflich, und kurz darauf erschien sie in Paulinas Gemach und fragte auf englisch:

»Welchen Eindruck hast du bisher von Rußland gewonnen, und vor allem, was hast du für eine Meinung über den Großfürsten?«

»Ich glaube, Ihr habt allen Grund, glücklich zu sein«, antwortete Paulina ausweichend. »Der Großfürst ist charmant, und er sieht blendend aus in seiner prächtigen Uniform.«

»Das denke ich auch«, erwiderte die Prinzessin, »und ich

hoffe, wir werden glücklich miteinander, wenn ich auch fürchte, daß er sehr herrschsüchtig und unnachgiebig sein kann.«

Das waren auch Paulinas Empfindungen, aber sie hielt es nicht für ratsam, sie auszusprechen.

»Damit werdet Ihr leben müssen«, antwortete sie einlenkend.

Die Prinzessin trat dicht an Paulina heran und murmelte mit leise flüsternder Stimme:

»Der Zar dagegen ist ein dämonisches Ungeheuer, ich habe Angst vor ihm. Seine Hand, die er mir zur Begrüßung reichte, fühlte sich eisig kalt an wie Stahl.«

Paulina hielt Margaritas Einschätzung des Zaren für maßlos übertrieben, wenngleich sie die Gefühle der Prinzessin nachzuempfinden vermochte.

»Ich glaube, auch mit ihm werdet Ihr auskommen können«, hoffte Paulina.

Die Prinzessin blickte nachdenklich aus dem Fenster.

»Was glaubst du, wo sie sich verborgen halten, während sie uns belauschen?« fragte sie schließlich besorgt.

»Irgendwo innerhalb oder außerhalb der Räumlichkeiten«, gab Paulina zur Antwort.

Die Prinzessin näherte sich einer der holzvertäfelten Wände, und als sie daran klopfte, klang es dumpf und hohl. Sie lief zur gegenüberliegenden Wand und klopfte auch diese ab.

Paulina schüttelte den Kopf, und als die Prinzessin wieder neben ihr stand, sagte sie mit leiser Stimme:

»Ich halte es für einen Fehler, sie wissen zu lassen, daß Ihr den Verdacht hegt, belauscht zu werden. Wenn wir immer in einer anderen Sprache miteinander reden, wird es schwierig genug für sie sein, unseren Gesprächen zu folgen. Ich bezweifle, daß ihnen genügend Spione zu Gebote stehen, welche alle Sprachen beherrschen, in denen wir miteinander sprechen können.«

Prinzessin Margarita lächelte zustimmend.

»Je mehr Kopfzerbrechen ihnen das bereitet, um so besser. Ich hasse Lauscher.«

»Ich ebenfalls«, gestand Paulina, »aber das ist auch etwas, womit wir leben müssen.«

Am Abend dieses Tages machten sie zum erstenmal Bekanntschaft mit den fremdartigen Gebräuchen, die bei Hofe herrschten.

Ein großes Abendessen oder eine andere Festlichkeit, zu der nur Angehörige des Adels geladen waren, begann erst um Mitternacht und endete in den frühen Morgenstunden.

Die übliche Besuchszeit, um Bekannte oder Freunde aufzusuchen, war gegen elf Uhr vormittags. Die Hauptmahlzeit nahm man abends um sechs Uhr ein. Und zu Paulinas und der Prinzessin amüsierter Überraschung pflegten die Damen der Gesellschaft anschließend zu Bett zu gehen, um ›ihren Teint zu pflegen‹, um dann gegen Mitternacht strahlend, gutaussehend und juwelengeschmückt wieder zu erscheinen.

»Das Nachtmahl wird nie vor zwei Uhr morgens serviert«, belehrte sie ein Höfling.

»Und wann geht man zu Bett?« fragte Paulina.

Er zuckte mit den Schultern. »Selten früher als gegen vier Uhr morgens.«

Paulina lachte. »Auf diese Weise wird die Nacht zum Tag und der Tag zur Nacht?«

»So hat es den Anschein«, stimmte er zu, »und manch einer von uns treibt Raubbau mit seiner Gesundheit oder mußte lernen, seine Kräfte schonend einzuteilen.«

Sie blickte ihn, eine Erklärung erwartend an, und er fuhr fort: »Der Zar beginnt seinen Arbeitstag morgens um fünf Uhr, und ganz gleich wie spät es bei Tanz und Amüsement auch geworden sein mag, von uns wird erwartet, daß wir zu jeder Zeit unsere Pflicht erfüllen.«

»Das klingt ja schrecklich anstrengend«, rief Paulina lachend.

Der Höfling zuckte abermals nur mit den Schultern.

»Wir haben uns daran gewöhnt, und Ihr werdet es auch«, meinte er leichthin.

Der erste Abend verlief angenehm ruhig. Nachdem sie um sechs Uhr mit dem Zaren und der Zarin gespeist hatten, nahmen sie später ein nicht allzu ausgedehntes Nachtmahl mit einigen älteren Freunden des Großfürsten ein, der es nicht liebte, am nächsten Tag zu spät aufzustehen.

»Das sind seltsame Bräuche«, sagte die Prinzessin gähnend, als sie schließlich ihre Schlafzimmer aufsuchen konnten, um sehr viel später, als sie es gewohnt waren, zu Bett zu gehen.

»Ihr werdet dem Tagesablauf einen sehr viel normaleren Verlauf geben können, wenn Ihr erst Euren eigenen Palast bewohnt«, gab Paulina darauf zur Antwort.

»Darauf werde ich bestehen«, erwiderte die Prinzessin.

Obwohl Paulina daran zweifelte, daß es der Prinzessin gelingen würde, ihren eigenen Weg in Rußland zu gehen, hatte sie dennoch den Eindruck gewonnen, als habe Margarita sich mit dem Gedanken angefreundet, den Großfürsten zu heiraten.

Der Großfürst war zweifellos ein reizender und außergewöhnlicher Mann, und wenn seine Blicke auf dem schönen Antlitz der Prinzessin ruhten, glaubte Paulina darin noch etwas anderes als nur den Ausdruck der Bewunderung erkennen zu können.

»Ich bin sicher, er liebt sie aufrichtig«, sagte sie zu sich selbst, »und sie werden sehr glücklich sein.«

Sie schickte ein Stoßgebet zum Himmel mit der Bitte, daß ihr Wunsch sich erfüllen möge.

Als sie schließlich zu Bett ging und unter die mit der kaiserlichen Krone bestickten Laken schlüpfte, war sie ganz erfüllt von den Gedanken an eine glückliche Zukunft der Prinzessin, ungeachtet der Fremdartigkeit des Landes und seiner Bewohner.

Paulina fiel nach den Strapazen des Tages sogleich in tiefen Schlummer und erwachte am nächsten Morgen frisch und ausgeruht. Sie genoß vom Fenster aus den Blick über die von der Morgensonne in goldenes Licht getauchten Dächer und Türme der Stadt.

Es ist eine großartige Stadt, dachte sie bei sich.

Und dennoch konnte sie sich eines unbestimmten Gefühls des Unbehagens nicht erwehren, und sie zögerte, es in Worte zu fassen. Sie vermißte Aufgeschlossenheit und Heiterkeit; etwas, dem sie überall, wo sie bisher gelebt hatte, begegnet war. Ob in Rom, London, Paris oder in Wildenstadt, der Hauptstadt von Altauss, etwas, das selbst noch von Häusern, Kirchen und öffentlichen Gebäuden auszugehen schien und besonders von den dort lebenden Menschen ausstrahlte. Freundliche, zufriedene und glückliche Menschen, die in ihrem Land geboren waren, dort heirateten, Kinder bekamen und aufgrund ihrer Abstammung und Herkunft zu ihrer Heimat gehörten und sie deshalb liebten.

Obwohl Paulina noch nicht viel von Rußland gesehen hatte, empfand sie die tiefe Kluft, die zwischen den von Peter dem Großen und seinen Nachfolgern errichteten Bauwerken mit ihren funkelnden, glitzernden Türmen und Dächern und den Menschen bestand, die klein, unbedeutend und geduckt zwischen den Gebäuden einhergingen.

Paulina schien es wie ein Leben auf zwei Ebenen, einer höheren und einer niederen, ohne eine Brücke der Verständigung zwischen ihnen.

Als aber dann die hellen Sonnenstrahlen ihre Augen trafen und den Palast mit den umliegenden Gebäuden in warmes freundliches Licht tauchten, tat sie ihre Gedanken schnell als Einbildung ab.

Ich muß die Ursache für mein Unbehagen herausfinden, grübelte sie dann aber wiederum.

Obwohl sie mit sich streng zu Gericht ging, war sie sich ihrer Sache sicher.

Sie blieb noch eine geraume Weile nachdenklich am Fenster stehen, bis Geräusche aus dem Nebenzimmer ihr verrieten, daß auch die Prinzessin erwacht war.

Paulina warf sich einen blauen Morgenmantel über ihr Nachthemd und ging zu ihr hinüber. Ihr offenes Haar fiel locker und seidig auf ihre Schultern herab.

Die Prinzessin sah frisch, ausgeruht und liebreizend aus, obwohl der Blick aus ihren Augen noch leicht vom Schlaf verschleiert war.

»Guten Morgen, Paulina«, grüßte sie. »Komm herein. Wir müssen miteinander reden. Es gibt so vieles, was ich dich fragen möchte. Aber wir sollten besser warten, bis wir draußen im Freien sind, wo man uns nicht belauschen kann.«

»Ich bin sicher, niemand wird uns verstehen, wenn wir englisch reden«, entgegnete Paulina. »Mir ist gestern abend aufgefallen, daß nur sehr wenige Menschen in diesem Palast Englisch verstehen.«

»Die Unterhaltung verlief aber nicht ausschließlich auf russisch, was ich ungewöhnlich fand«, wandte die Prinzessin ein. »Und da die Zarin Deutsche ist, bedienten viele sich des Deutschen, obwohl – wie mir schien – jedermann weitaus lieber Konversation in Französisch machen würde.«

»Ja, es ist alles für uns noch recht merkwürdig«, stimmte Paulina zu.

Doch die Prinzessin weilte mit ihren Gedanken schon ganz woanders und hörte ihr gar nicht richtig zu.

Nach einer Weile fragte sie zögernd:

»Wie denkst du wirklich über Alexander?«

»Oh, der Großfürst ist sehr liebenswürdig!« antwortete Paulina.

»Er hat mir gestern abend reizende Komplimente gemacht«, gestand die Prinzessin, »die schönsten, die ich je in meinem Leben vernommen habe! Aber... Paulina... ich habe gestern abend auch etwas gehört... etwas, das mich erschreckt.«

»Und was ist das?« fragte Paulina.

Die Prinzessin schwieg einen Augenblick bedrückt, bevor sie antwortete:

»Es hat... sehr viele Frauen im Leben des Großfürsten gegeben... und eine Frau hat... eine ganz besondere Rolle gespielt.«

Paulina fand nicht gleich eine Antwort, obwohl sie nicht überrascht war von dem, was die Prinzessin ihr gerade anvertraut hatte. Nun war es an ihr, die Prinzessin wieder zu beruhigen.

Von ihrem Vater wußte sie, daß die adligen Russen bei Hofe ständig in Liebesabenteuer mit schönen Frauen verwickelt waren. Das gehörte zu ihrem Leben ebenso wie die Begeisterung für die Reiterei, für Kartenspiel und sonstige Vergnügungen aller Art, wie auch die Pflicht zum Gehorsam gegenüber seinem Regiment, in dem der Mann diente.

Nach einer Weile antwortete sie daher zögernd.

»Der Großfürst... ist ein sehr attraktiver Mann..., und es ist ganz natürlich..., daß sich die Frauen von ihm angezogen fühlen.«

»Das verstehe ich ja auch«, antwortete die Prinzessin, »aber als gestern abend einer der Freunde des Zaren, mit dem ich mich unterhielt, die Äußerung machte, wieviel der Großfürst durch eine Heirat aufgibt, da wurde mir klar, daß er... die Frauen meinte, die im Leben des Großfürsten... bisher eine so... große Rolle gespielt haben.«

»Er ist noch jung, und die Heirat mit Euch wird ihn erwachsen werden lassen.«

»Ich habe mir auf unserer Reise bisher vorgestellt, daß er meine Ankunft kaum erwarten könnte«, flüsterte die Prinzessin mit verzagter Stimme.

Paulina hätte sich nichts lieber als das gewünscht für ihre Freundin. Doch schon als sie mit ihrem Vater in Italien lebte, hatte sie erfahren müssen, daß die adligen jungen Männer viel Zeit mit Liebesabenteuern verbrachten, ganz gleich, ob sie verheiratet, noch ledig oder – so wie der Großfürst – verlobt waren.

Um ihre Freundin zu trösten, meinte Paulina leichthin:

»Die meisten Männer machen schönen Frauen den Hof, das bedeutet aber nicht, daß sie sich auch in alle verlieben. Wenn der

Großfürst Euch aufrichtig liebt – und davon bin ich überzeugt –, dann sind alle seine bisherigen Beziehungen ohne Bedeutung.«

»Wie kann ich dessen sicher sein... wie kann ich dessen denn sicher sein?« stammelte die Prinzessin verzweifelt. »Und nimm einmal an, Paulina, wenn er auch nach unserer Hochzeit noch andere Frauen begehrt?«

Paulina fühlte sich plötzlich ebenso verunsichert und verwirrt wie Margarita, und sie wünschte, ihre Mutter würde noch leben, um der Prinzessin mit ihrem Rat beizustehen. In einer ähnlichen Situation, so glaubte sie von sich selber, würde sie keine Eifersucht auf die vorherigen Beziehungen im Leben eines Mannes empfinden, sondern Verständnis zeigen.

Da Paulina sich in Schweigen hüllte, fuhr die Prinzessin fort:

»Was ist, wenn er mich nur heiratet, um eine Frau und Kinder zu haben? Wer sagt mir, daß er mich nach unserer Hochzeit nicht alleinläßt und seinen Vergnügungen nachgeht?«

Der Prinzessin entfuhr nach ihren eigenen Worten ein Schrei des Entsetzens.

»Ich glaube, ich werde in Rußland sehr... sehr allein und einsam sein.«

»Aber Ihr habt doch Euren Bruder«, warf Paulina hastig ein.

Überrascht blickte die Prinzessin sie an.

»Du hast recht«, sagte sie mit einem tiefen Seufzer. »Ich habe Maximus ganz vergessen. Der Zar erzählte mir gestern, daß mein Bruder sich in Moskau aufhält und morgen nach St. Petersburg zurückkehren wird.«

»Dann müßt Ihr mit ihm über den Großfürsten sprechen. Er wird Eure Bedenken zerstreuen und kann gewiß mehr über ihn erzählen«, antwortete Paulina eifrig.

»Ich wünschte, ich könnte deinen Worten Glauben schenken, und ich hoffe..., daß Maximus mir die... Wahrheit sagen wird.«

Paulina ließ sich auf einem kleinen Sessel neben dem Bett nieder und nahm Prinzessin Margaritas Hände in die ihren.

»Bitte hört mir zu«, begann sie, »Eure Sorgen und Nöte, von

denen Ihr mir erzählt habt, müßt Ihr offen und freimütig mit dem Großfürsten besprechen. Erklärt ihm Eure Gefühle, sagt ihm, was man Euch gestern abend erzählt hat. Ich vermute, daß manches nur Gerüchte sind, geboren aus Eifersucht und Boshaftigkeit. Aber wenn sie Euch beunruhigen, ist es sein Recht, das Gegenteil zu beweisen und Euch zu beruhigen.«

Die Prinzessin hielt Paulinas Hände fest umklammert.

»Glaubst du wirklich, ich könnte... mit ihm darüber... sprechen?«

»Warum nicht?« fragte Paulina zurück. »Ich glaube, es ist für euch beide am besten, wenn von Beginn eurer Beziehung an Offenheit und Freimütigkeit zwischen euch herrschen. Auch er wird es so sehen und verstehen.«

»Worauf gründet sich deine Meinung?«

»Weil ich schon viel in meinem Leben herumgekommen bin mit Papa, und ich habe die verschiedensten Menschen kennengelernt. Deshalb glaube ich, daß ich meiner Menschenkenntnis trauen kann.«

Paulina lächelte, als sie fortfuhr:

»Ich erkenne das Wesen der Menschen, das sich hinter ihrem Äußeren verbirgt, und ich glaube, daß der Großfürst ein Mann mit Charakter ist, dem man vertrauen kann.«

»Oh Paulina, ich hoffe so, du hast recht! Ich möchte ihm so gerne vertrauen, und ich glaube, ich glaube es aufrichtig, daß ich anfange ihn zu lieben«, rief die Prinzessin aus.

»Nichts hatte ich mehr erhofft«, antwortete Paulina erleichtert. »Aber vergeßt nicht, daß er schon einen Teil seines Lebens gelebt hat, bevor er Euch begegnet und in Liebe zu Euch entbrannt ist. Und natürlich hat es in seinem Leben schon andere Frauen gegeben; Frauen, die ihm viel bedeutet haben, und denen auch er viel bedeutet hat.«

Die Prinzessin hielt noch immer Paulinas Hände umfaßt.

»Ich fürchte, wenn ich mit ihm so wie mit dir spreche, wird er mich für kindisch und ziemlich töricht halten.«

»Weshalb sollte er das denken?« wandte Paulina ein.

»Weil ich Männern wie ihm gegenüber so unsicher bin. Wie du selbst weißt, ist er so völlig anders als alle, die ich bisher zu Hause kennengelernt habe.«

Paulina mußte ihr im stillen zustimmen, denn die jungen Männer, denen sie auf Bällen und Festlichkeiten im königlichen Schloß in Wildenstadt begegnet waren, sprühten nur so vor natürlicher Lebensfreude und waren eher den Italienern vergleichbar. Laut sagte sie:

»Ich glaube, die Russen sind in ihrem Wesen äußerst sensibel, und ihre slawische Mentalität macht es uns möglicherweise schwer, sie wirklich zu verstehen. Aber ich bin sicher, wenn der Großfürst Euch liebt, und Ihr ihn, werdet Ihr etwas so Wundervolles erleben, wie Ihr es bisher noch nicht gekannt habt.«

»Das wünsche ich von Herzen«, erwiderte die Prinzessin. »Wenn ich ihn erst einmal liebe, dann aber verlieren sollte, das wäre grausamer als alles, was ich bisher erlebt habe.«

Paulina war überrascht, so viel Scharfsichtigkeit hatte sie von der Prinzessin nicht erwartet. Jetzt war sie sicher; das war der Anfang einer großen Liebe. Die Ungewißheit, das Bedürfnis nach Trost und Zuspruch und diese stille Sehnsucht konnten nur von einem Menschen befriedigt werden: von dem Mann, dem Prinzessin Margarita ihre Liebe zu schenken bereit war.

»Sprecht mit dem Großfürsten, redet offen und freimütig über Euch selbst und Eure Gefühle und vor allem, versucht, ihn zu verstehen. Vielleicht fühlt er genauso wie Ihr, vielleicht erschreckt ihn auch Eure Offenheit. Aber gleichviel, auch wenn Ihr ihn noch als fremd und andersartig empfindet, bedenkt, daß er vielleicht genauso fühlt, was Euch betrifft.«

»Darüber habe ich noch nicht nachgedacht«, gestand die Prinzessin, »aber ich will es versuchen, Paulina. Ich werde mir wirklich alle Mühe geben!«

»Euer Bruder wird Euch dabei helfen, und was noch wichtiger ist, Ihr habt viel Zeit, um euch gegenseitig kennenzulernen, bevor Ihr heiratet.«

Die Prinzessin blickte überrascht auf.

»Hast du nicht gehört, was der Zar gestern abend gesagt hat?«

»Nein.«

»Er hat Papa mitgeteilt, es bestünde kein Anlaß, mit der Hochzeit zu warten, und er hat angeordnet, daß unsere Hochzeit innerhalb einer Woche erfolgen soll.«

»Innerhalb einer Woche?« rief Paulina verblüfft aus. »Das ist mehr als ungewöhnlich.«

»Papa ist derselben Meinung, aber der Zar hat diesen Entschluß gefaßt, und es besteht kaum Aussicht, daß er seine Meinung ändern wird.«

Paulina erhob sich und ging nachdenklich zum Fenster. Diese Anordnung kam einem Befehl gleich und war ein Beweis für die anmaßende und selbstherrliche Handlungsweise des Zaren.

Warum hatte er kein Verständnis für die Situation der Prinzessin, für die es schon schwer genug war, in das ihr fremde Rußland zu kommen und eine Verbindung mit einem Mann einzugehen, dem sie erst einmal in ihrem Leben kurz begegnet war, auch ohne daß die Hochzeit mit derart überstürzter Eile vorangetrieben wurde.

Diese Handlungsweise des Zaren bestätigte auch ihr Gefühl, welches sich ihrer gleich nach der Ankunft bemächtigt hatte, daß die Gerüchte, die sie über ihn gehört hatte, wohl keineswegs übertrieben waren.

Der Zar verkörperte Recht und Gesetz, für sich selbst und für jeden seiner Untertanen.

Seinen Befehlen mußte jedermann bedingungslos gehorchen. Ein Verstoß dagegen hatte unvorstellbare Folgen.

Mit der Plötzlichkeit eines unversehens aufkommenden Sturmes sollte Prinzessin Margarita mit einem ihr noch unbekannten Mann verheiratet werden; in einem ihr fremden Land, und das alles innerhalb von nur einer Woche. Sie wurde gezwungen, einem fremden Mann Treue zu schwören, der ihr zukünftiges Leben bestimmen würde, ohne auch nur noch einmal nach ihren Wünschen und Vorstellungen zu fragen.

Es ist ein großes Übel, dachte Paulina im stillen, aber sie hielt es für richtiger, ihre Gefühle nicht laut zu äußern.

Doch sie selbst sah sich jetzt auch nur noch als kleines Rädchen in einem großen Getriebe.

Alles war so undurchschaubar, so unglaublich erdrückend, wie der große Palast selbst, und Paulina fürchtete, sie würde sich in seiner Weitläufigkeit niemals zurechtfinden können.

Ihr Blick glitt über den Fluß hinweg. Selbst der Fluß war der gewaltigste, den sie je bisher gesehen hatte.

Plötzlich stieg vor ihren Augen ein Bild auf, wie Margarita von seinen gewaltigen Fluten erfaßt und gnadenlos davongetragen wurde – wie alle Menschen Rußlands –, einem ungewissen Schicksal entgegen.

3

»Ich bin von Eurer Tochter ebenso entzückt wie von Eurem Sohn«, sagte der Zar anerkennend.

»Das ist eine große Ehre, Eure Kaiserliche Majestät«, gab der Großherzog Louis förmlich zur Antwort, der mittlerweile auch nach St. Petersburg angereist war.

Der Zar legte ihm freundschaftlich eine Hand auf die Schulter.

»Wir sind gute alte Freunde, mein lieber Louis, und ich bin glücklich, feste Bande zwischen unseren beiden Ländern knüpfen zu können. Ich werde den Großfürsten Alexander fördern, und ich glaube nicht, daß Ihr enttäuscht sein werdet, welche Absichten ich mit Eurem Sohn Maximus verfolge.«

»Meiner Dankbarkeit fehlen die Worte«, murmelte der Großherzog.

Beide Männer begaben sich – wie verabredet – gemeinsam zum Fenster hinüber.

Der milde Schein der Sonne tauchte alles in ein freundliches Licht.

»In ein paar Tagen werden wir aufs Land reisen, nach Peterskoje Selo, und ich bin froh, die Stadt hinter mir zu lassen«, meinte der Zar schließlich.

»Ihr wollt nicht bis nach der Hochzeit warten?« fragte der Großherzog erstaunt.

Der Zar schüttelte den Kopf.

»Es ist ein leichtes, wieder in die Stadt zurückzukehren, und außerdem erhalten viele, die es danach verlangt, die Gelegenheit, der Braut am Wegesrand zuzujubeln.«

Er lächelte, bevor er fortfuhr:

»Ich habe meine Pläne, und ich glaube nicht, daß Ihr daran etwas auszusetzen haben werdet.«

»Dessen bin ich sicher«, gab der Großherzog zurück, wohl wissend, daß er, selbst wenn er dem nicht zustimmen könnte, keine Möglichkeit hätte, dies zu äußern.

Er empfand, wie schon seine Tochter, die Handlungsweise des Zaren als selbstherrlich und rücksichtslos, die Hochzeit mit solcher Eile zu betreiben. Ein unbestimmtes Gefühl, das er aber nicht in Worte zu fassen vermochte, sagte ihm, daß es dafür gewichtige Gründe geben müsse.

Der Zar jedoch sprach von seinem Sohn Maximus.

»Die militärischen Leistungen Eures Sohnes in den Kämpfen mit Schamil waren absolut brillant. Eine seiner Belohnungen wird Euch, da bin ich sicher, erfreuen; die andere ist etwas heikler Natur.«

Der Zar lachte auf, bevor er fortfuhr:

»Ich denke, Ihr habt schon Kenntnis davon erhalten, daß er sehr angetan ist von der Prinzessin Natascha.«

»Ja, ich habe davon gehört.«

»Sie ist von verführerischem Liebreiz, und ihr Gatte hält sich zur Zeit in einer besonderen Mission in Georgien auf.«

Dem Großherzog entging nicht die Anspielung in den Worten des Zaren. Er murmelte:

»Ich bin Euch zu Dank verpflichtet.«

Der Zar lachte laut heraus.

»Euer Sohn wird einverstanden sein, denke ich.«

Ihr Gespräch wurde durch ein Klopfen an der Tür unterbrochen, und ein anderer Gast des Zaren betrat den Raum.

Gleich nach seiner Ankunft eilte Prinz Maximus von Altauss in sein Ankleidezimmer, um sich zum Essen umzuziehen. Die Zeit drängte, und er warf hastig einen Blick auf die Uhr über dem Kaminsims.

Er hatte sich etwas verspätet, da er zu lange bei einem kleinen Imbiß verweilt hatte, zu dem ihn eine reizvolle, charmante Dame auf dem Weg nach St. Petersburg eingeladen hatte.

Es war ihm nicht möglich gewesen, seine Gastgeberin gleich nach dem Essen zu verlassen, als sie ihn in ihren Salon führte und durch Blicke und ihr Lächeln zu verstehen gab, daß sie noch allein mit ihm sprechen wollte.

Später, als er sich schließlich verabschieden mußte, hatte sie sich ihm in die Arme geworfen und ihm zugeflüstert, wie schon viele Frauen vor ihr:

»Lieber Maximus, wann sehe ich dich wieder. Du weißt, mit wie schwerem Herzen ich dich jetzt gehen lasse, da wir so selten allein sind.«

Er hatte sie nochmals fest an sich gedrückt und mit den Worten getröstet: »Ich gebe dir Bescheid, sobald es mir möglich ist, damit du weißt, wann ich zu meinem Regiment zurückkehre.«

Dann küßte er ihr zum Abschied die Hand, blickte ihr auf seine ihm eigene Weise tief in die Augen, von der er wußte, daß sie das Herz jeder Frau höher schlagen ließ.

»Ich danke dir, Zenia, du bist so lieb und machst mich so überaus glücklich«, sagte er leise und zärtlich.

»Was sonst kann ich tun?« fragte Zenia mit einem leisen Schluchzen in ihrer Stimme.

Sie hatten heiße, stürmische Stunden der Liebe miteinander verlebt, und nach seiner Versetzung in den Kaukasus war sie ihm nun in freundschaftlicher Weise zugetan.

Zenia überließ sich keinen trügerischen Illusionen. Ihr war klar, wo immer Maximus sich aufhielt, gab es Frauen, die ihm ihre Liebe schenkten und sie aus seinem Herzen verdrängten.

Sie war zu realistisch, um nicht zu erkennen, daß sie eine Liebende unter vielen war, und selbst in den abgelegensten Winkeln des großen Reiches, wohin sie ihren Mann auf seinen beruflichen Reisen begleitete, hörte sie noch Gerüchte von der blind verliebten Leidenschaft des Prinzen Maximus für Prinzessin Natascha. Und sie hegte einen wilden Haß gegen diese Frau.

Natascha galten auch die Gedanken des Prinzen, als er schließlich auf den Winterpalast zuritt.

Er hatte sie vor drei Monaten zum letztenmal gesehen, und sie war liebreizender gewesen als je zuvor.

Ihr Blick aus dunklen, leicht schräg stehenden Augen, die vollen, sinnlichen Lippen, die rätselhafte Schönheit ihres wohlgeformten Gesichts und die dunkle Fülle ihres Haars fesselten ihn immer wieder aufs neue.

Ohne sich dessen bewußt zu sein, hatte er sehnsuchtsvoll die Tage bis zu ihrem Wiedersehen gezählt.

In der Zwischenzeit erhielt er leidenschaftliche Liebesbriefe von ihr, die ihn in ihrer Direktheit und Offenheit verwirrten, und obwohl er nicht Zeit und Gelegenheit fand, sie zu beantworten, konnte er ihr eine Nachricht zukommen lassen, wann er nach St. Petersburg kommen würde, um dort seine Schwester zu sehen.

Maximus hegte keine Zweifel, daß Natascha es würde einzurichten wissen, daß sie sich treffen konnten, da sie die Gunst des Zaren und der Zarin genoß. Aber Maximus fürchtete nicht ohne Grund, daß der Zar anderes mit ihr plante, als ihm den Aufenthalt zu versüßen, obwohl auch er sich zu einem der begünstigten Generalmajore beim Zaren zählen durfte.

Doch er hatte lange genug am Hof gelebt, um die Ränke und Intrigen zu kennen, zu der auch die Taktik des Zaren gehörte, sich schöner Frauen zu bedienen, um politische Geheimnisse den Gesandten und Vertretern anderer Länder zu entlocken.

Als Maximus Natascha zum erstenmal begegnet war, hielt sie sich ständig an der Seite eines gutaussehenden englischen Diplomaten, der – davon war der Zar überzeugt –, von der Geheimpolizei in London gesandt worden war, um Rußlands Haltung in bestimmten europäischen Belangen auszukundschaften.

Sie mußte ihre Mission zu diesem Zeitpunkt gerade zu einem erfolgreichen Abschluß gebracht haben, denn schon zwei Abende später betrat sie durch eine Geheimtür die Gemächer des Prinzen, in keiner anderen Absicht, als sich ihm in die Arme zu werfen, zu küssen und die Wogen der Leidenschaft, die sie beide vom ersten Augenblick an erfaßt hatten, zu glätten.

»Du bist wunderschön, Natascha!« sagte der Prinz, als draußen die erste Morgendämmerung heraufzog.

»Ich hoffe, du meinst es auch so«, flüsterte sie mit verführerischer Stimme.

Sie bot ihm ihre schönen Lippen dar und schmiegte sich an ihn. Es bedurfte keiner weiteren zärtlichen Worte; die Leidenschaft überwältigte sie wieder und riß beide mit sich fort.

Auch als die Kämpfe den Prinzen in die unwegsamen, zerklüfteten Gebirgszüge des Kaukasus führten, weilten seine Gedanken bei Natascha. Auf seltsame Weise erinnerten ihn die steil aufragenden Felswände, wo nur noch Adler, die Könige der Lüfte, ihre Horste bauten, überhängend über tiefen Schluchten, wo kein Tageslicht mehr zu den Quellen der Flüsse vordrang, an Natascha.

Natascha hatte ähnliche Träume, und vielleicht verliehen sie ihm die Gewißheit, daß er aus den Kämpfen als Sieger hervorgehen würde.

Prinz Maximus pflegte sich keine allzu tiefsinnigen Gedanken über seine Liebesabenteuer zu machen.

Er war ein gutaussehender Mann von kräftiger männlicher Ausstrahlung, und immer wieder versuchten schöne, interessante Frauen, seine Aufmerksamkeit auf sich zu lenken und boten sich ihm gar an, was er seiner Unwiderstehlichkeit zuschrieb.

Nachdem sein Kammerdiener letzte Hand an seine Abendkleidung gelegt hatte, nahm er sich nicht mehr die Zeit, selbst noch einen Blick in den Spiegel zu werfen.

Da ihm nur noch wenige Minuten blieben, um die Gemächer des Zaren rechtzeitig zu erreichen, eilte er mit schnellen Schritten die nicht enden wollenden Gänge entlang, vorüber an Lakaien, Höflingen, Palastwachen und Hofboten, die Nachrichten und Botschaften innerhalb des Palastes beförderten, zu den kaiserlichen Räumen.

Er war außer Atem, als er endlich sein Ziel erreichte, die von Palastwachen gesicherten Gemächer der Zarenfamilie, die sie bei ihrem Aufenthalt im Winterpalast bewohnten.

Die Palastwache öffnete ihm die Tür, und der würdevolle Haushofmeister trat vor, um sein Erscheinen zu melden. Gewichtig, sich seiner Bedeutung nur zu bewußt, schritt er dem Prinzen voraus, der ihm von vielen früheren Besuchen bekannt war.

Maximus prüfte mit einer Handbewegung den Sitz seiner Haarpracht und durch einen letzten Blick in einen Wandspiegel die Korrektheit seiner Uniform.

Offiziere, die in Sibirien gekämpft hatten, wurden durch Orden und Ehrenzeichen ausgezeichnet, die sie an Ordensbändern auf der Uniform trugen. Auch wenn die Verdienste eines Offiziers dem Zaren bekannt waren, geschah es gelegentlich, daß er selbst einem seiner Lieblingsoffiziere seine Gunst von einem Augenblick zum anderen entzog. So unberechenbar und launisch konnte er in seinen mißlichen Gemütsstimmungen handeln.

»Ich kann und werde nicht zulassen, daß jemand es wagt, sich meinen Wünschen und Befehlen zu widersetzen, sobald er Kenntnis davon erhalten hat.« Diese Order hatte der Zar unmittelbar nach seiner Thronbesteigung ausgegeben.

Seine Ordern und Befehle wurden mit den Jahren immer unnachgiebiger, und er verfolgte deren Verweigerung mit unnachsichtiger Strenge.

An diesem Abend jedoch schwelgte der Zar in ausgelassen guter Stimmung.

Als ihm die Ankunft des Prinzen Maximus gemeldet wurde, huschte ein erfreutes Lächeln über seine Züge, und er trat ein paar Schritte vor, um ihn herzlich willkommen zu heißen.

»Mein lieber Maximus!« rief er aus, als der Prinz sich ihm näherte. »Ich freue mich, dich zu sehen. Ich habe deinem Vater von deinen Heldentaten bei den Kämpfen im Kaukasus berichtet, auf die wir ganz besonders stolz sind.«

Der Prinz erwies dem Zaren seine Ehrenbezeigung, dann trat er an die Seite seines Vaters und reichte ihm die Hand zur Begrüßung.

»Ich bin so froh, dich zu sehen, Papa«, rief er aus.

Jetzt, da er seinem Vater gegenüberstand, fühlte der Prinz, wie schmerzlich er ihn vermißt hatte, obwohl er das aufregende und abenteuerliche Leben in Rußland liebte.

»Ich freue mich und bin glücklich, dich zu sehen, mein Sohn. Wie ich höre und sehe, geht es dir gut.« Zufrieden und stolz bejahte Maximus die Frage seines Vaters.

Gespannt fragte er dann: »Ist Margarita schon hier?«

Er blickte um sich und stellte erstaunt fest, daß niemand sonst anwesend war, obwohl die Zeit schon weit fortgeschritten war.

»Du wirst sie gleich begrüßen können, und schon in einer Woche wird die Hochzeit stattfinden«, antwortete ihm sein Vater.

»In einer Woche schon?« entfuhr es Maximus verblüfft.

Er gab seiner Meinung Ausdruck, daß diese Eile zu überstürzt sei, doch der Zar wehrte kühl ab:

»So lauten meine Instruktionen. Ich halte es für das beste, wenn die Hochzeit so bald wie möglich stattfindet. Es gibt auch keinen Grund dafür, daß dein Vater jetzt erst nach Altauss zurückkehrt, um dann in zwei Monaten zur Hochzeit die weite Reise noch einmal auf sich zu nehmen – wie seine ursprünglichen Pläne vorsahen.«

»Nein, selbstverständlich nicht, Sire«, stammelte der Prinz bestürzt.

Er blickte seinen Vater zweifelnd an und fragte sich, was der wirkliche Grund für diese unangemessene Eile war, und ob sein Vater dem wohl überzeugt zugestimmt hatte. Doch er hielt es für angebracht, zunächst nicht in ihn zu dringen und zu schweigen.

Der Zar durchquerte den Raum und betrat den Salon, wo die anderen Gäste sich bereits versammelt hatten.

Der Großherzog und Prinz Maximus folgten ihm, und Maximus küßte der Zarin zur Begrüßung die Hand. In diesem Augenblick sah Margarita ihren Bruder, und mit einem Ausruf der Freude warf sie sich ihm an die Brust.

»Maximus! Oh, Maximus! Wie schön dich zu sehen!« rief sie aus. »Wir haben dich zu Hause mehr vermißt, als ich mit Worten sagen kann.«

Der Prinz schloß die Arme um sie und küßte seine Schwester zärtlich auf die Wange.

»Du hast mir auch sehr gefehlt! Wie ich sehe, bist du in der Zwischenzeit noch schöner geworden.«

»Ich hatte doch sehr gehofft, daß du das sagen würdest«, rief sie lachend aus.

Maximus nahm sie wieder in seine Arme und küßte sie abermals. Dann bemerkte er den Mann, der sich im Rücken seiner Schwester im Hintergrund hielt, Großfürst Vladirwitsch. Er streckte ihm freundlich seine Hand zur Begrüßung entgegen.

»Ich wünsche mir, daß Margarita mich künftig ebenso herzlich willkommen heißt, wie sie Euch begrüßt hat«, sagte der Großfürst herzlich.

»Davon bin ich überzeugt. Und laßt mich Euch zu Eurer Wahl beglückwünschen«, antwortete Maximus lächelnd.

»Dazu besteht wahrlich Anlaß, und ich hoffe, ich habe auch Eure Zustimmung.«

»Aber selbstverständlich, zumal ich glaube, daß Ihr meine Schwester glücklich machen werdet.«

»Ich werde mir die größte Mühe geben«, versprach der Großfürst.

Der Prinz fühlte die Hand seiner Schwester auf seinem Arm.

»Komm, ich möchte dich mit meiner Freundin bekannt machen, die mich von Altauss hierher als meine Kammerzofe begleitet hat«, bat Margarita ihn. Sie wandte sich um:

»Paulina, das ist mein Bruder Maximus, von dem wir so oft gesprochen haben. Ich hoffe, ihr werdet Freunde.«

Paulina begrüßte den Prinzen mit einem Hofknicks, als dieser sich vor ihr verneigte.

Sie hatte ihn schon eine Weile insgeheim beobachtet, seit er den Raum betreten hatte, und sie fand ihn noch männlicher und besser aussehend, als die Portraits wiedergaben, die sie von ihm in Altauss gesehen hatte.

Prinz Maximus überragte die meisten Anwesenden noch um Haupteslänge, und er hatte eine durchtrainierte, athletische Figur.

Als Paulina zu ihm aufblickte, nahm er ihre Hand.

»*Enchanté, Mademoiselle.*«

»Nein, nein!« rief Margarita, »du mußt englisch mit ihr reden; sie ist Engländerin, die Tochter von Sir Christopher Handley, der in Altauss die Akkreditierung als Britischer Gesandter erhalten hat.«

Maximus lächelte überrascht.

»Ich hatte wirklich nicht erwartet, Margarita, eine Engländerin als deine Kammerzofe hier anzutreffen. Warum hat dich die Baronin Schwaez nicht begleitet?«

»Ich habe die Begleitung der alten Baronin abgelehnt, andernfalls hätte ich mich überhaupt geweigert, nach Rußland zu gehen.«

Der Prinz erklärte lachend:

»Mit Vergnügen stelle ich fest, daß Miss Handley nicht in die Kategorie der alten Damen gehört.«

Prinz Maximus bediente sich mittlerweile des Englischen, das er ebenso fließend wie seine Schwester beherrschte, wenn auch mit leichtem Akzent, wie Paulina feststellte.

»Es ist eine große Ehre, Ihrer Schwester auch hier in der Fremde dienen zu dürfen«, versicherte Paulina, nur weil sie glaubte, etwas sagen zu müssen.

Sie hätte den Grund dafür nicht nennen können, aber sie fühlte sich in der Gegenwart des Prinzen etwas unsicher und befangen. Ein Gefühl, das ihr bisher fremd gewesen war. Doch von ihm ging etwas aus, was es ihr schwermachte, ihm offen in die Augen zu schauen oder ihn direkt anzusprechen. Diese Erfahrung war neu und recht verwirrend für sie, so daß sie schon fürchtete, einen törichten Eindruck zu erwecken. Sie zwang sich deshalb, den Prinzen geradeheraus anzublicken, obwohl sie auf keinen Fall wollte, daß ihre Freimütigkeit mißverstanden werden könnte.

Doch dann nahm Margarita wieder seine Aufmerksamkeit gefangen, und bald darauf machte der Zar den Prinzen mit den anderen anwesenden Damen bekannt.

Niemand machte Anstalten, den Speisesalon aufzusuchen, und Paulina stellte überrascht fest, daß die übliche Zeit, zu welcher der Zar sonst pünktlich zu Tisch bat, schon weit überschritten war.

In diesem Augenblick wurde die Tür zum Salon geöffnet, und der Haushofmeister meldete:

»Prinzessin Natascha Bragadtow, Eure Kaiserliche Majestät.«

Die Blicke aller Anwesenden wandten sich der Prinzessin zu. Paulina erschien sie vom ersten Augenblick an als die außergewöhnlichste Frau, der sie bisher im Winterpalast begegnet war.

Sie trug ein Kleid, das bei jeder ihrer Bewegungen in einer anderen Farbe schimmerte. An ihrem zarten schwanengleichen Hals glänzte eine Perlenkette, edles Geschmeide schmückte ihre Ohrläppchen, und ihr dunkles Haar krönte ein Diadem aus kostbaren Juwelen.

Aber es war nicht ihre Garderobe oder der wertvolle Schmuck, die Paulina beeindruckten, sondern ihre unergründlichen Augen, deren Ausdruck sie an ein wildes Tier erinnerte.

Sie gleicht einer Tigerin, dachte sie, als die Prinzessin sich geschmeidig dem Zaren näherte und sich in einem tiefen Hofknicks vor ihm verneigte.

»Ich bitte um Vergebung«, sagte sie mit melodisch kräftiger Stimme, die ganz im Einklang zu ihrer Erscheinung stand. »Ich weiß, ich habe mich verspätet, ich verdiente es, in Ketten gelegt, in das dunkelste Verlies geworfen zu werfen. Als einzige Entschuldigung vermag ich nur vorzubringen, daß ich schön sein wollte – für Euch, Kaiserliche Majestät!«

Ihre Erklärung entlockte dem Zaren ein herzliches Lachen.

»Für mich, liebste Natascha? Das wage ich zu bezweifeln. Aber das Diner wartet, und für weitere Entschuldigungen ist später noch Zeit«, erwiderte der Zar freundlich.

Er wandte sich daraufhin der Zarin zu und reichte ihr galant seinen Arm, und während sie allen voran auf den Salon zuschritten, bemerkte Paulina, wie die Prinzessin Natascha Prinz Maximus mit einer vertraulichen Geste begrüßte, die mehr als viele Worte zum Ausdruck brachte, wie eng und einander zugetan sie befreundet waren.

Sie nahmen nebeneinander an der Tafel Platz, und da Paulina sich zwischen zwei langweiligen Gästen wiederfand, die mehr Interesse an dem Essen als an einer Konversation mit ihr zu haben schienen, nahm sie die Gelegenheit wahr, den Prinzen eingehend zu beobachten.

Paulina verstand es, wie sie Prinzessin Margarita einmal erklärt hatte, zwischen dem wahren Gesicht und dem, welches ein Mensch zur Schau trug, zu unterscheiden und darin zu lesen.

Die Art und Weise, wie Prinzessin Natascha und Prinz Maximus miteinander sprachen, verriet ihr daher auch mehr als nur Vertrautheit.

Diesen Eindruck bestärkte jeder Blick aus Nataschas dunklen Augen und jede Bewegung ihrer verlockenden Lippen.

Jedes ihrer Worte unterstrich die Prinzessin mit einer zärtlichen Geste ihrer feingliedrigen Hände, welche die intime Vertraulichkeit ihrer Beziehung zu dem Prinzen nicht verheimlichte. Rund um die Tafel war die Konversation in vollem Gange; Prinzessin Margarita war in ein angeregtes Gespräch mit dem Großfürsten Alexander vertieft; der Zar unterhielt sich über den Tisch hinweg mit dem Großherzog Louis, und die Zarin war mehr an ihrem Sohn an ihrer Seite interessiert als an irgend jemandem sonst am Tisch.

Die übrige Tischgesellschaft bestand aus Höflingen, die durchweg – wie Paulina auf den ersten Blick erkannte – ungewöhnlich interessant und auffällig gut gekleidet waren.

Ihr fiel ein, daß die russischen Aristokraten ihre Garderobe aus Paris zu beziehen pflegten, und sie empfand, daß ihre eigene, zwar äußerst geschmackvolle, aber nicht gerade exklusive Garderobe, von der aller anderen anwesenden Damen weit übertroffen wurde. Doch ihr geziemte, so sagte sie sich alsdann, als Kammerzofe der Prinzessin Margarita Zurückhaltung, es stand ihr nicht an, sich in den Vordergrund zu drängen.

Dennoch hoffte sie, der Prinz möge sie nicht nur als unscheinbare und bedeutungslose Dienerin seiner Schwester ansehen.

Während solcherart Gedanken Paulina beschäftigten, mußte sie den Prinzen unbewußt angeschaut haben, denn als er unerwartet über den Tisch hinweg zu ihr herübersah, trafen sich ihre Blicke.

Paulina ergriff wieder eine verwirrende Erregung, die sie sich nicht zu erklären vermochte.

Ihr kam es vor wie eine Ewigkeit, in der ihre Blicke von den seinen gefangengehalten wurden.

Als das Diner beendet war – der Zar verabscheute allzu ausgedehnte Völlerei, verabschiedete die Zarin ihre Gäste und empfahl ihnen, noch ein wenig zu ruhen, bis sie sich um elf Uhr zu einem Empfang zu Ehren der Prinzessin Margarita und Prinz Maximus wieder zusammenfinden würden.

Als Paulina mit Margarita die Treppe zu ihren Schlafgemächern hinaufging, rief diese empört aus:

»Kannst du dir einen größeren Unsinn vorstellen als das? Kaum ausgekleidet, muß man sich erneut umziehen, und alles beginnt von vorn.«

»Ja, so sieht es aus«, antwortete Paulina ihr. »Aber da der Empfang Euch zu Ehren stattfindet, solltet Ihr jetzt eine besonders festliche Garderobe auswählen«, lenkte sie ab.

»Ich verstehe nicht, warum wir nicht früher Kenntnis von diesem Vorhaben erhielten, denn ich trage bereits eines meiner schönsten Kleider«, murrte die Prinzessin.

Paulina selbst sah sich in einer weitaus mißlicheren Situation als Margarita, denn ihre eigene Garderobe war sehr viel beschränkter, und sie wußte deshalb nicht, was sie für den weiteren Verlauf des Abends anziehen sollte.

Als sie beinahe ihre Gemächer erreicht hatten, vernahmen sie rasche Schritte hinter sich.

Paulina wandte sich um und erkannte den Prinzen Maximus, der ihnen gefolgt war.

Seine Auszeichnungen blitzten im Licht der Kronleuchter, und ihr schien, als stünde ein Ausdruck des Erstaunens in seinen Augen.

Prinzessin Margarita rief überrascht aus:

»Maximus! Wie schön, daß du gekommen bist, ich möchte noch so vieles mit dir besprechen.«

»Es bleibt uns allerdings nicht viel Zeit, da wir uns ja für den Empfang schönmachen müssen.«

»Ich habe gerade zu Paulina gesagt, wie unmöglich ich diese Einrichtung finde.«

Maximus lachte: »Hier in Rußland wird vieles pompöser, aber nicht gerade besser inszeniert.«

Als Paulina sich in ihre Gemächer zurückziehen wollte, bat Margarita: »Nein, begleite uns, ich möchte, daß du meinen Bruder Maximus besser kennenlernst.«

Paulina blickte verwirrt zu dem Prinzen auf, als erwarte sie von ihm eine bestätigende Aufforderung.

»Auch mir würde daran viel gelegen sein«, sagte er ruhig. Sie wünschte, sie hätte ihn freundlich anlächeln können, aber wieder hinderte sie etwas daran, und sie folgte der Prinzessin schweigend und mit abgewandtem Gesicht in deren Boudoir.

Der Raum war licht und anheimelnd eingerichtet: holzvertäfelte Wände und blaurosagestreifte schwere Stoffvorhänge mit einer goldglitzernden Bordüre verliehen ihm sein Gepräge.

Die Prinzessin ließ sich auf dem Sofa nieder und sagte vorwurfsvoll:

»Wenn du privat mit uns plaudern möchtest, tust du gut daran, dich einer Sprache zu bedienen, die es möglichen Lauschern erschwert, unserem Gespräch zu folgen.«

Sie hatte auf ungarisch mit ihm geredet und fuhr auf spanisch fort: »Paulina und ich vermuten, daß die Spione, die uns belauschen sollen, sich in Hohlräumen in den Wänden verbergen und vor Anstrengung dem Ersticken nahe sein müssen, um jedem unserer Worte zu folgen.«

Der Prinz warf belustigt den Kopf zu ihr herum.

»Wer ist denn auf diese Idee gekommen?« fragte er.

»Ich glaube, es war Paulina. Vorsichtshalber haben wir ständig die Sprache gewechselt, wenn wir uns unterhielten, und wir beherrschen immerhin sechs verschiedene.«

»Ich hätte nicht gedacht, daß ihr so gebildet seid, und ich bin voll der höchsten Bewunderung über eure Fähigkeiten«, spottete Maximus.

Seine Worte waren zwar an seine Schwester gerichtet, doch sein Blick ruhte auf Paulina. Mit einem eigenartigen Klang in ihrer Stimme sagte Margarita:

»Paulina hat mir geraten, dich über Alexander zu befragen. Es gibt einige Dinge, die mich beunruhigen. Seit meiner Ankunft in St. Petersburg habe ich immer wieder... ich habe etwas gehört, das mich sehr verunsichert.«

»Was hast du gehört?« fragte der Prinz kurz angebunden zurück.

»Zum Beispiel, daß er – obwohl er behauptet, er habe all sein Hoffen und Sehnen, sein ganzes Herz auf unsere Heirat gesetzt – es nicht aufrichtig meint«, stieß sie heftig hervor.

Paulina begann sich bei diesem Gespräch unbehaglich zu fühlen.

Doch sie kannte die Prinzessin Margarita gut genug, um zu wissen, daß sie sich ihrer bediente, um ihren Bruder zu zwingen, ihr zu sagen, was sie wissen wollte. Margarita fürchtete, ohne Paulinas Gegenwart könnte Maximus nicht die Wahrheit sagen oder sich überhaupt weigern, ihre Fragen zu beantworten.

Ihr war nicht entgangen, daß Prinzessin Margaritas Besorgnis den Prinzen aufs höchste verblüfft hatte.

Bequem in einen Armsessel zurückgelehnt, betrachtete er nachdenklich seine Schwester und schien darüber nachzudenken, was er ihr antworten sollte, bis er schließlich entgegnete:

»Der Großfürst hat lange Zeit allein gelebt. Er muß schon an die fünfunddreißig Jahre alt sein, und du kannst nicht erwarten, daß er sein bisheriges Leben all die Jahre wie ein Mönch verbracht hat.«

»Nein, natürlich nicht«, gestand Prinzessin Margarita zu, »aber warum sollen wir so schnell heiraten, ohne die Möglichkeit zu haben, uns näher kennenzulernen?«

»Ich bin sicher, dahinter steckt einzig und allein der Zar«, erwiderte Maximus. »Ich habe den Großfürsten bisher als feinfühligen Mann schätzen und achten gelernt, dem selbst sehr viel daran liegen würde, dich besser zu kennen, bevor er dich zu seiner Frau macht.«

»Warum kann er dann nicht den Zaren bitten, den Hochzeitstermin zu verschieben?« fragte Margarita.

»Der Zar läßt sich von niemandem beeinflussen oder umstimmen«, erklärte der Prinz. »Er hat sich mir gegenüber immer freimütig und offen gezeigt, Margarita, und es widerstrebt mir, auch in diesem besonderen Fall, seinen Motiven zu mißtrauen. Ich bin sicher, du wirst seine Pläne ebenso gutheißen und akzeptieren wie ich.«

Der Prinz hatte mit leiser Stimme auf ungarisch gesprochen, eine Sprache, die er – wie Paulina feststellte – nicht so fließend beherrschte wie seine Schwester.

»Liebe Margarita«, fuhr er fort, »glaube mir, ich wünsche mir nichts mehr, als daß du glücklich wirst, und ich kann mir nicht vorstellen, daß ein Mann die Schatten seiner Vergangenheit mit in seine Flitterwochen nehmen möchte.«

Das trifft sicherlich für ihn selbst zu, dachte Paulina, und unbewußt umspielte ein Lächeln ihre Lippen.

Als ob der Prinz ihre Gedanken erraten hätte, sagte er:

»Jawohl, Fräulein Handley, ich spreche da auch ganz für mich selbst.«

Paulina blickte ihn, wie auf frischer Tat ertappt, verblüfft an. Sie hatte ihn nicht für so scharfsinnig und hellsichtig gehalten, ihre Gedanken zu erraten. Aus Furcht, er könnte sie zurechtweisen, schlug sie die Augen nieder und stammelte leise:

»Oh, bitte... Entschuldigung.«

»Eigentlich sollte ich mich entschuldigen«, gab er zurück.

»Das ist nicht nötig«, wehrte Paulina ab, »aber ich werde mich bemühen, keine Geheimnisse oder Gedanken zu haben, von denen ich nicht wünsche, daß sie offenbar werden.«

»Ein Geheimnis zu bewahren oder gar jemanden zu täuschen, ist nicht Eure Art«, entgegnete der Prinz.

Sie sprachen miteinander wie zwei alte Bekannte unter vier

Augen, als sei niemand sonst im Raum. Nach einer Weile fuhr Prinzessin Margarita in aggressivem Tonfall dazwischen:

»Ich verstehe nicht, worüber ihr euch unterhaltet.«

»Entschuldige«, lenkte der Prinz ein, »aber ich denke in erster Linie dabei an dich.«

»Wie das?« fragte die Prinzessin herausfordernd, »ich denke ausschließlich an meine Zukunft und daß ich glücklich werde.«

»Das tue ich auch«, entgegnete Maximus, »und ich bin sicher, du wirst dein Glück nur finden, wenn du voraus in die Zukunft und nicht zurück in die Vergangenheit deines künftigen Gatten blickst. Mit anderen Worten, jeder Mann hütet seine Vergangenheit wie ein Schatzkästchen, das er nicht von seiner Frau geöffnet wissen will.«

Die Prinzessin gab einen Laut der Empörung von sich, bevor sie erwiderte:

»Du kannst einen wütend machen, wie du es immer getan hast! Du hast dich damit abgefunden, mich in diesem unübersehbar weiten Land alleinzulassen, mit einem Mann, den ich kaum kenne. Was soll ich tun, wenn ich unglücklich mit ihm bin?«

»Du wirst mit ihm nicht unglücklich sein, wenn du dich einfühlsam und feinfühlig verhältst. Doch wenn du in der Vergangenheit wühlst, um herauszufinden, was gewesen ist, bevor er dir begegnet ist, kann es leicht geschehen, daß du ihn und dich selbst unglücklich machst.«

Die Prinzessin schwieg daraufhin, und nach einer geraumen Weile ergriff Maximus wieder ruhig das Wort:

»Ich habe schon oft und viel darüber nachgedacht, weshalb das Glück, nach dem wir alle streben, so schwer zu erlangen ist, wir trachten zu sehr danach, es gedanklich zu erfassen, legen es gleichsam unters Mikroskop, analysieren und zerpflücken es und nehmen ihm so die Möglichkeit, sich zu entfalten und langsam zu wachsen.«

Seine Worte klangen, als habe er zu sich selbst gesprochen und nur für sich Rechenschaft abgelegt. Paulina hatte die Bedeutung seiner Worte verstanden, während Prinzessin Margarita nur noch verwirrter schien.

»Was Euer Bruder meint«, warf sie daher schnell ein, »ist, daß Ihr glücklicher und zufriedener seid, wenn Ihr dem Großfürsten Vertrauen und Eure Liebe schenkt, ohne nach der Vergangenheit zu fragen. Stellt Euch darauf ein, daß euch, euch beiden allein, die Zukunft gehört und die Vergangenheit ein für allemal vorbei ist.

»Aber, falls es einen Menschen gibt..., zu dem er sich besonders... hingezogen fühlt...«, begann die Prinzessin wieder zögernd.

»Wenn es eine solche Frau in seinem Leben gegeben hätte, würde er sie geheiratet haben und nicht dich zur Frau nehmen wollen«, erklärte ihr Bruder mit Bestimmtheit.

Als er bemerkte, daß seine Schwester darauf etwas erwidern wollte, fuhr er rasch fort:

»Margarita, meine Liebe, du mußt Verständnis haben und deinen gesunden Menschenverstand gebrauchen. Alexander liebt dich aufrichtig, davon bin ich fest überzeugt. Der Zar hat eurer Ehe zugestimmt, das bedeutet eine große Ehre für unsere Familie und Altauss. Du hast keinen Anlaß, dir über andere Frauen oder irgendwelche Affären Gedanken zu machen – das alles ist Vergangenheit, und du mußt es jetzt vergessen.«

Während der Prinz ruhig und gelassen seine Worte gewählt hatte, waren Margarita Tränen in die Augen getreten, und sie hatte sich erbost aus ihrem Sessel erhoben.

»Du bist gräßlich und hast kein Verständnis für mich«, rief sie ärgerlich aus. »Weder du noch Paulina soll verheiratet werden, sondern ich! Und ich habe Angst – ja – ich habe Angst! Und keiner von euch beiden versteht mich.«

Ihre Stimme überschlug sich, sie lief durch den Raum, öffnete die Tür zu ihrem Schlafzimmer, eilte hinein und schlug sie hinter sich zu.

Paulina folgte ihr auf dem Fuße.

»Ich muß zu ihr«, rief sie bestürzt aus.

»Nein, bitte wartet noch einen Augenblick. Ich möchte mit Euch etwas besprechen«, bat der Prinz.

Paulina warf ihm einen unsicheren Blick zu, was er ihr wohl sagen würde.

»Was sind die Gründe für die Angst meiner Schwester?« fragte er.

»Es kam alles zu schnell und zu plötzlich für sie, und ich kann Margarita nur zu gut verstehen. Als Euer Vater ihr mitteilte, wen sie heiraten sollte, konnte sie sich kaum an ihren zukünftigen Gatten erinnern, dem sie vor längerer Zeit nur kurz begegnet war.«

Prinz Maximus runzelte befremdet die Stirn.

»Ich hatte geglaubt, Großfürst Alexander hätte sie in Altauss besucht und um sie geworben, bevor sie nach St. Petersburg aufgebrochen ist.«

»Das wäre sicher sehr viel vernünftiger und einfühlsamer gewesen«, stimmte Paulina ihm zu.

Maximus seufzte bedauernd.

»Das alles hat ganz offensichtlich der Zar so arrangiert, und es entspricht völlig seiner üblichen Handlungsweise.«

Sie führten ihr Gespräch auf englisch, und Paulina fuhr fort:

»Eure Schwester ist weitaus sensibler als die meisten jungen Mädchen ihres Alters, dazu ist sie auch noch so jung und unerfahren.«

Unerwartet huschte ein Lächeln über sein Gesicht.

»Ihr redet, als wärt Ihr selbst schon über vierzig!«

»Wir beide sind gleichaltrig, aber ich gebe zu, daß ich mich manchmal sehr viel älter fühle als die Prinzessin. Das liegt sicher daran, daß ich schon viel in der Welt umhergereist bin und mit meinem Vater in vielen verschiedenen Ländern gelebt habe.«

»Und dennoch seid Ihr noch sehr jung.«

»Aber es besteht kein Zweifel, in ein paar Jahren werde ich erwachsener sein«, entgegnete Paulina lachend.

»Ja natürlich, aber ob das gerade ein Vorteil ist, denn zur Zeit bist du jung, frisch und unbeschwert wie der Frühling; eine kostbare Seltenheit hier in diesem Palast.« Prinz Maximus war unbewußt in das vertraulichere Du verfallen.

Nach einer Weile fuhr er mit seiner tiefen wohlklingenden Stimme fort:

»Unter den außergewöhnlichen, für uns fremden Verhältnissen Rußlands gerät alles im Übermaß – zu schnell und zu gewaltig.«

»Auch meine bisherigen Erfahrungen, die ich in der kurzen Zeit unserer Anwesenheit in diesem Land machen konnte, sind ähnlich«, lachte Paulina.

»Da hast du recht. Deshalb bleibe du so, wie du jetzt bist. Aber wie können wir Margarita helfen?«

»Sie wird sich beruhigen und vernünftig werden, genauso schnell, wie sie sich vorhin erregt hat«, versicherte Paulina zuversichtlich.

»Frauen! Es ist doch immer dasselbe! Sie sind nicht nur mißgünstig und neidisch, eifersüchtig aus reiner Boshaftigkeit – nein, sie können es nicht ertragen, eine andere Frau glücklich zu sehen«, entrüstete sich der Prinz.

»Das ist eine ungerechte Verallgemeinerung«, widersprach Paulina. »Ich liebe Eure Schwester, und ich will alles in meiner Macht Stehende tun, daß sie glücklich wird.«

Prinz Maximus warf Paulina einen prüfenden Blick zu, der ihr erschien, als wolle er tief in ihr Inneres schauen, ob es ihr ernst und aufrichtig damit sei.

»Ich glaube dir und bin zutiefst dankbar, daß du meiner Schwester auf deine Weise helfen willst.«

»Ich werde es zumindest versuchen...«, schränkte Paulina ein.

»Ich muß jetzt gehen. Bitte tue alles, damit meine Schwester sich wieder beruhigt, und ich werde auch versuchen, mit dem Großfürsten zu sprechen. Ich glaube, er ist wirklich der ideale Mann, um Margarita glücklich zu machen.«

»Bitte sagt ihm, wie jung und unerfahren sie noch ist. Ihr wißt selbst, daß sie noch keinem Mann wie ihm bisher begegnet ist«, bat Paulina den Prinzen eindringlich.

Während sie sich so für die Prinzessin einsetzte, wurde ihr bewußt, daß sie selbst noch keinen Mann wie Prinz Maximus kennengelernt hatte.

Als er neben ihr stand, überragte er sie um mehr als Hauptes-länge, so daß sie ihren Kopf in den Nacken legen mußte, um zu ihm aufschauen zu können. Er war mindestens so groß und kräftig wie die meisten Russen, denen sie bisher im Palast begegnet war, aber das Blut seiner Vorfahren aus dem heiteren Altauss ließ ihn auf andere menschlicher und sympathischer wirken.

»Er gefällt mir sehr«, sagte sie sich selbst. »Er hat eine so freimütige und aufrichtige Wesensart, wie ich sie weder beim Großfürsten noch bei irgendeinem anderen Mann hier in St. Petersburg bisher gefunden habe.«

Doch dann schalt sie sich im stillen, daß sie sich vielleicht zu voreilig eine abschließende Meinung gebildet habe.

Die Anteilnahme, die der Prinz an dem Schicksal seiner Schwester bewiesen, und die vertraute Art und Weise, mit der er auch sie behandelt hatte, ließen sie hoffen, daß sie schon fast Freunde geworden waren.

»Ich verspreche, ich werde alles tun, was in meinen Kräften steht«, sagte sie laut wie ein Gelöbnis.

»Dessen bin ich sicher«, antwortete Prinz Maximus mit seiner tiefen beruhigend einschmeichelnden Stimme.

Als sie zu ihm aufblickte, überkam sie das Verlangen, noch länger in seiner Gegenwart zu verweilen und mit ihm zu reden, aber ihr Pflichtgefühl, die Prinzessin aufzusuchen, siegte.

Dennoch, für einen kurzen Augenblick war sie unfähig, einen Schritt zu tun. Sie fühlte sich auch ohne eine Geste, ohne ein Wort von ihm in seinem Bann gehalten.

Mit einer Plötzlichkeit, daß sie beinahe gestolpert wäre, vollführte sie dann eine knappe knicksende Verbeugung vor ihm, wandte sich ab und ging auf die Tür zum Schlafzimmer der Prinzessin zu. Aber noch bevor sie die Klinke niederdrücken konnte, war der Prinz an ihrer Seite und nahm ihre Hand in die seine, und sie fühlte, wie sie ein Schauer durchrann. Atemlos erkannte sie, daß Prinz Maximus Gefühle in ihr ausgelöst hatte wie bisher kein Mann vor ihm.

Prinz Maximus ging ruhig und gemessen die Treppe hinunter und lenkte seine Schritte dann den Gang entlang zu den Räumlichkeiten des Zaren. Plötzlich öffnete sich eine Tür, und eine juwelengeschmückte Hand faßte seinen Arm.

Es war Prinzessin Natascha, die ihn in eines der vielen unbewohnten Vorzimmer des Palastes zog.

Brennende Kerzen in goldenen Wandleuchtern tauchten den Raum, dessen Wände von Bücherregalen verdeckt wurden, in ein warmes Licht. Prinz Maximus erkannte eines der Vorzimmer wieder, in denen Bittsteller oft Tage, Wochen oder gar Monate geduldig ausharren mußten, bis ihnen eine Audienz gewährt wurde.

»Wo bist du gewesen?« fragte Natascha.

»Bei meiner Schwester.«

»Sie wird meine Eifersucht zu spüren bekommen, falls sie allzu viel von deiner Zeit beansprucht.«

»Auf meine Schwester? Das ist ja etwas ganz Neues«, spöttelte der Prinz.

»Ohne ein Wort bist du gegangen, ich war sehr enttäuscht und ärgerlich, zumal du doch wissen mußtest, wie sehr ich mich nach dir gesehnt habe.«

»Und ich habe gedacht, du würdest die Zeit benötigen, um dich entsprechend eindrucksvoll für den Empfang umzukleiden und zurechtzumachen«, sagte der Prinz mit einem leicht ironischen Unterton im Klang seiner Stimme, wohl wissend, über welche Schätze an Garderobe, Juwelen und Geschmeide die Prinzessin verfügte.

Prinzessin Natascha legte ihre Hände um seinen Nacken.

»Warum vertrödeln wir die kostbare Zeit. Küß mich lieber, und später, wenn wir allein sein können, werde ich dir zeigen, wie sehr du mir gefehlt hast, wie groß meine Sehnsucht nach dir ist.«

Sie bot ihm ihren Mund dar, als plötzlich die Tür hinter ihnen geöffnet wurde und jemand den Raum betrat.

Sie lösten sich hastig voneinander und begannen ein harmloses Gespräch miteinander.

Ein älterer Edelmann war hereingekommen, auf der Suche nach einem ruhigen Plätzchen, wie es der Prinzessin schien, um sich noch etwas zu erholen, bevor das strenge Zeremoniell eines Empfangs seinen Tribut von ihm fordern würde.

Er kannte offensichtlich weder sie noch den Prinzen, obwohl er freundlich grüßte, während er langsam den Raum durchquerte, um sich in einem bequemen Armlehnsessel neben dem Kamin niederzulassen, in dem um diese Jahreszeit ein wärmendes Feuer prasselte.

»Verdammt sei der alte Narr«, stieß sie seufzend zwischen zornbebenden Lippen hervor, »jetzt muß ich mich bis nach dem Empfang gedulden, bis wir wieder allein sein können.«

»Leider, vorher dürfte es unmöglich sein«, pflichtete Prinz Maximus bei.

»Dann müssen wir uns wieder in Geduld üben, wenn es auch unmenschlich schwer sein wird«, flüsterte sie, bereits auf dem Weg, den Raum zu verlassen und ohne eine Antwort des Prinzen abzuwarten. Sie eilte schnell davon, noch bevor er ihr folgen konnte.

Als Prinz Maximus sich im Salon einfand, lag ein ernster Ausdruck auf seinem Gesicht, so, als sei er tief in Gedanken versunken.

Er machte sich auf die Suche nach dem Großfürsten Alexander und traf ihn erwartungsgemäß in einem der Räume an, in dem sich die männlichen Gäste des Zaren zu versammeln pflegten, während die Damen ruhten oder ihre Garderobe und ihren Schmuck wechselten.

Der Großfürst trank und lachte mit zwei hoch dekorierten Offizieren der Kaiserlichen Garde, die beide Haltung annahmen, als Prinz Maximus sich ihnen näherte.

Er lächelte ihnen um Nachsicht bittend entgegen:

»Würden die Herren mir vergeben, aber ich muß ein paar Worte mit dem Großfürsten unter vier Augen wechseln. Wie Ihnen bekannt sein dürfte, ist es fast unmöglich, ein vertrauliches Gespräch in diesem Palast zu führen, der so vielen Menschen Gastfreundschaft bietet.«

Einer der Offiziere erwiderte lachend:

»Wie könnten wir Hoheit einen Wunsch abschlagen, nachdem Ihr mit so viel Erfolg gegen einen Mann gekämpft habt, der uns über vierzig Jahre lang befehdet?«

»Wir haben den Kampf noch nicht für uns entschieden, und ich leugne nicht, daß ich größte Bewunderung für Schamil hege. Sein Kampfesmut und seine Widerstandskraft sind unbeschreiblich und nachahmenswert«, gab Prinz Maximus zurück.

»Ihr seid nicht zu beneiden, und ich mache keinen Hehl daraus, daß mich nichts in den Kaukasus zieht. Ich habe zu viel von den Strapazen gehört, die Ihr dort erdulden mußtet«, gestand der zweite Offizier freimütig ein.

Die beiden Offiziere traten ein paar Schritte abseits, und der Prinz ließ sich an der Seite des Großfürsten nieder.

»Paradeoffiziere für Friedenszeiten«, grollte er, während er Platz nahm.

»Die sollten ihre Meinung dem Zaren besser nicht zu Ohren kommen lassen, oder sie finden sich während der nächsten Schlacht in der vordersten Frontlinie wieder«, antwortete der Großfürst.

»Das geschähe ihnen recht. Unsere Soldaten haben sich tapfer in den Kämpfen im Kaukasus geschlagen, und ich kann dir versichern, wie schwierig es ist, neue Taktiken und Strategien in einem Heer einzuführen und durchzusetzen«, gab Prinz Maximus zur Antwort.

»Die Kämpfe dauern nunmehr seit vierzig Jahren an, und du kommst von weither und steckst ruhmreich mitten drin.«

»Du beschämst mich«, antwortete Maximus auf das Lob des Großfürsten. »Aber im Ernst, ich glaube, die hier in Glanz und Luxus leben und überschwengliche Trinksprüche auf unseren Erfolg ausbringen, haben keine Vorstellung davon, was sich auf den Schlachtfeldern zuträgt, die im Blut der Gefallenen ertrinken.«

»Es ist nur recht und billig, wenn du bei den hier Zuhausegebliebenen um mehr Verständnis für die Leiden und Opfer der in diesem Krieg Kämpfenden wirbst. Aber laß uns über Angenehmeres plaudern«, lenkte der Großfürst das Gespräch jetzt in eine andere Richtung.

»Zum Beispiel über meine Schwester?«

Der Großfürst blickte ihn überrascht an. »Warum, was ist mit ihr?«

»Nichts weiter, nur daß ihr einige Dinge zu Ohren gekommen sind, die ihr Angst machen.«

»Oh, diese gschwätzigen Weiber! Sie richten noch die Welt zugrunde, und kein Mann vermag dagegen etwas auszurichten«, brummte der Großfürst.

»Sprich mit ihr, du mußt sie wieder beruhigen«, bat Maximus ihn.

»Wie kann ich das?«

»Indem du sie davon überzeugst, daß deine Vergangenheit vergangen und vergessen ist, und ihr die Zukunft gehört.«

Der Großfürst seufzte auf. »Ich verstehe, was du mir sagen willst, aber es wird nicht ganz leicht sein.«

Maximus schwieg, in der Hoffnung, daß der Großfürst sich näher äußern und noch etwas hinzufügen würde, von dem dieser glaubte, daß er es wissen müsse.

»Ich bin froh, daß du mir von Margaritas Ängsten berichtet hast, das ist sehr wichtig für mich zu wissen. Aber nachdem der Zar den Termin für unsere Hochzeit bereits für Ende nächster

Woche festgesetzt hat, muß ich die Angelegenheit nun wohl auf meine Weise regeln«, meinte er schließlich.

»Mein einziges Anliegen ist, meine Schwester mit dir glücklich zu sehen«, versicherte darauf Prinz Maximus.

»Ich werde alles mir Mögliche tun, lieber Maximus, denn ich liebe deine Schwester Margarita, und ich hoffe sehnlichst, daß wir beide miteinander Glück und Erfüllung finden werden. Sie ist voller Liebreiz und noch so jung, dabei auch ganz anders als die Frauen hier bei Hofe, die kokett und selbstsüchtig immer nur an sich denken, kaum daß sie aus der Wiege gefallen sind.«

Maximus brach über diesen derben bildhaften Vergleich in herzliches Lachen aus.

»Mir ist klar, was du meinst, aber bedenke, daß russische Ideale und auch die Wege sie zu erreichen, sich beträchtlich von denen in anderen Ländern unterscheiden.«

»Ich werde es nicht vergessen«, versprach der Großfürst, »wenngleich die Versuchung, sich darüber hinwegzusetzen, sehr groß ist, lieber Maximus, diese Erfahrung hast du ja hier in unserem Land an dir selbst auch bereits gemacht.«

»Ich bin glücklich, in Rußland leben zu können. Stolz erfüllt mich über den Rang, den der Zar mir in seiner Armee verliehen hat, und die Gunst, die er mir beständig erweist. Dennoch mutet vieles auch mich noch immer fremd und ungewöhnlich an, und es bereitet mir nach wie vor Schwierigkeiten, damit fertig zu werden.«

Prinz Maximus blickte prüfend den Mann an seiner Seite an, bevor er fortfuhr:

»Wenn es mir schon so geht, um wieviel schwieriger muß es dann für eine Frau sein, vor allem für ein junges unerfahrenes Mädchen wie Margarita, die bisher ein abgeschirmtes und behütetes Leben in einem einfachen, unkomplizierten Land wie Altauss geführt hat.«

»Lieber Maximus, deine Besorgnis ist nur zu verständlich, und ich kann nur wiederholen, daß ich mich bemühen werde, Margarita glücklich zu machen; so wie ich jetzt schon glücklich bin, weil sie meine Frau werden soll.«

Wiederum glaubte Prinz Maximus zu spüren, daß der Großfürst ihm irgend etwas vorenthielt; ein Gefühl nur, ohne von ihm in Worte gefaßt werden zu können.

Schließlich streckte ihm der Großfürst seine Hand entgegen.

»Ich danke dir, Maximus, deine Anwesenheit beruhigt mich. Obwohl wir nicht allzu viel voneinander wissen, herrscht, so glaube ich, etwas zwischen uns, was die Franzosen eine unerklärbare Sympathie nennen.«

Der Prinz schlug in die dargebotene Hand ein.

»Wenn das Schicksal meiner Schwester einen russischen Mann bestimmt hat, dann bist du mir der liebste vor irgendeinem anderen.«

»Auch wenn du mir ein doppeldeutiges Kompliment ausgesprochen hast, Maximus, danke ich dir. Nur gut, daß der Zar es nicht gehört hat.«

»Ja, du hast recht, er würde wohl kaum Verständnis dafür aufbringen«, stimmte Maximus zu.

4

Der Ballsaal war wie ein Märchen an Prunk und Glanz, schöner und festlicher, als Paulina es sich in ihren kühnsten Phantasien hätte ausmalen können.

Obwohl sie von den Gestaltungskünsten des Zaren schon öfter gehört hatte, der den Ballsaal in einen Wintergarten mit traumhaften Gartenlandschaften verzaubern ließ, konnte sie nur vor Bewunderung staunen.

Man erzählte sich, daß zeitweise mehr als dreitausend Arbeiter damit beschäftigt waren, diese Umgestaltungen vorzunehmen. Der Natur nachempfundene Felslandschaften, zwischen denen sich kunstvoll angelegte Wasserläufe dahinschlängelten; exotische Blumen und Sträucher rundeten das bizarre Bild ab.

Paulina empfand die Gestaltung und Einrichtung mehr als gelungen. Ganze Wände waren mit Spiegeln bedeckt, in denen sich die mit Brillanten überreich geschmückten Damen in ihren glitzernden Garderoben widerspiegelten, während sie sich nach den Klängen gedämpfter Violinmusik dem Vergnügen des Tanzes hingaben.

Obwohl sie trotz ihrer Jugend in Altauss und auch in Italien bereits eine große Anzahl von Bällen besucht hatte, die Pracht, der sie sich hier gegenübersah, übertraf alles, was sie bisher erlebt hatte oder sich auszudenken imstande war.

Sie fühlte sich in eine Scheinwelt versetzt, die nichts mehr gemein hatte mit der realen Existenz gewöhnlicher Sterblicher.

Und zwischen all dieser Pracht schritten und tanzten die Damen über das glänzende Parkett federleicht und elegant dahin. Paulinas Blick kehrte jedoch auch hier immer wieder zu Prinzessin Natascha zurück, die alle überstrahlte.

Schon während des Diners war von ihr eine besondere Aura ausgegangen, doch nun schien sie alle Schönheit im funkelnden Licht auszustrahlen und das Geheimnisvolle des Orients in sich zu vereinen.

Große Smaragde schmückten den Ansatz ihrer Brüste, den das weitausgeschnittene Kleid den Blicken freiließ, Diamanten glänzten in ihrem Haar und an ihren Armen. Als sie an der Seite von Prinz Maximus durch den Saal schritt, glaubte Paulina, noch nie ein schöneres Paar gesehen zu haben.

Prinzessin Margarita tanzte jeden Tanz mit ihrem Bräutigam, und sie selbst wurde immer wieder von jungen gutaussehenden Höflingen und Offizieren zum Tanz aufgefordert, die sie mit artigen Komplimenten überschütteten, die sie in Verlegenheit gebracht hätten, wenn ihr dergleichen nicht auch schon von dunkelhaarigen, glutäugigen und leidenschaftlichen jungen Italienern zugeflüstert worden wäre.

An den Ballsaal grenzten weitere Räume, wie dieser kunstvoll mit Blumen und Pflanzen in Gärten verwandelt. Es fiel schwer zu glauben, daß man sich nicht draußen in der Natur befand. Alle Arten von exotischen Blumen und Gewächsen – Lilien, Orchideen, Rosen – schienen sich an Blütenpracht und -fülle und betörendem Duft übertreffen zu wollen.

»Ihr seid wunderschön, Mademoiselle; von dem Augenblick an, als ich Euch zum erstenmal sah, begann mein Herz ganz wild zu pochen. Ich bin Euch in hoffnungsloser und rettungsloser Liebe verfallen«, schwärmte flüsternd Paulinas Tanzpartner an ihrem Ohr.

Paulina lächelte und antwortete auf französisch:

»Ihr seid sehr überschwenglich, Monsieur, und es fällt mir schwer zu glauben, daß es Euch ernst ist.«

Er nahm ihre Hand in die seine und beteuerte:

»Ich schwöre Euch bei meinem Leben, jedes meiner Worte ist wahr, und ich würde die nächsten tausend Jahre dafür geben, um es Euch zu beweisen.«

Paulina lachte.

Worauf ihr der Verehrer zuraunte:

»Ihr seid grausam und herzlos. Sicherlich wißt Ihr, wann ein Mann die Wahrheit sagt. Ich dagegen meine jedes Wort, wie ich es sage.« Er legte dabei seine Hand aufs Herz und sah sie flehend an.

»Alles was Ihr sagt, klingt unwirklich, so wie überhaupt alles hier um uns herum unwirklich scheint«, antwortete Paulina.

Für einen Augenblick schaute ihr Tanzpartner verständnislos drein, dann faßte er sich wieder:

»Darf ich sagen, daß Ihr dem englischen Wesen alle Ehre macht? Nur Engländer sind imstande, imaginäre Dinge zu erfassen und in Worte zu kleiden.«

»Sensibel, denke ich, ist dafür der treffende Ausdruck.«

»Ich liebe Euch, und eines Tages werdet auch Ihr mich lieben.«

Paulina hielt es für müßig, nochmals auf seine Liebesbeteuerungen einzugehen, statt dessen sagte sie:

»Ich finde es sehr warm hier. Könnte ich einen Schluck zu trinken haben?«

»Aber natürlich. Ich habe gerade daran gedacht und werde einen Diener rufen«, gab er beflissen zurück.

Sie verließen die Tanzfläche und nahmen auf einer Bank Platz, die von Rosen umrankt in einer Nische stand. Die unterschiedlichsten Rosenarten waren zu einem kunstvollen Arrangement zusammengestellt, wo sie in unterschiedlichen Höhen wuchsen, aber alle gleichzeitig ihre Blütenpracht entfalteten.

Neben dem Rosenbeet, zu Paulinas Linken, erhob sich ein üppig blühender Steingarten, und sie fühlte sich in dieser Umgebung angenehm leicht und beschwingt.

Keiner ihrer bisherigen Verehrer hatte sie so glühend bestürmt wie dieser junge Russe.

Sie erinnerte sich keines Namens ihrer Tanzpartner mehr, nur, daß alle sich in gesellschaftlich bedeutenden Stellungen befanden. Aber wenn sie einer Frau ihr Herz auch zu Füßen legten, so bedeutete das noch nicht, daß sie auch um ihre Hand anhielten.

Paulina dachte aber auch nicht im geringsten daran, nach einem künftigen Ehemann Ausschau zu halten, obwohl sie klar umrissene Vorstellungen von ihm hatte, so daß ihr Vater in diesem Punkt unbesorgt sein konnte. So reizend, gefühlvoll, überschwenglich und charmant die Russen auch sein mochten, Paulina hatte nicht den Wunsch, einen von ihnen zu heiraten.

In ihre Gedanken hinein hörte sie die Stimme einer Frau, die für sie verborgen hinter den Rosenbüschen stand, fragen:

»Was hältst du von der kleinen Prinzessin aus Altauss?«

»Alexander kann sich glücklich schätzen«, antwortete ein Mann, »sie ist sehr reizend. Der Zar hätte keine bessere Wahl für seinen Neffen treffen können.«

»Der Zar selbst hat sie ausgewählt?«

»Das glaube ich zumindest«, antwortete wieder die männliche Stimme, und die weibliche Stimme fuhr fort:

»Ich vermute, der Zar war der Ansicht, daß der Großfürst sein Leben in bezug auf Frauen nicht so weiterführen konnte. Denn die meisten seiner Affären waren nur von kurzer Dauer.«

»Mit Marie-Celeste war es allerdings anders, ihr war er für viele Jahre innig zugetan.«

»Französinnen sind ja für ihr Raffinement bekannt, wodurch sie die Männer an sich binden. Was ist denn jetzt aus ihr geworden«, zischte die weibliche Stimme verächtlich.

»Soviel ich weiß, ist sie mit ihrem Sohn nach Frankreich zurückgekehrt, und der Zar hat sich verpflichtet, für ihn zu sorgen.«

Paulina hielt den Atem an, damit ihr keines der Worte entging. Sie konnte kaum glauben, was sie da als unfreiwillige Lauscherin erfuhr.

Das also war das Geheimnis, welches Prinzessin Margarita instinktiv geahnt zu haben schien; der dunkle Punkt in der Vergangenheit des Großfürsten, den auch sie selbst befürchtet hatte.

Paulina schlug die Hände ineinander, in der Hoffnung, das hinter den Rosenbüschen verborgene Paar möge weiterreden und somit noch mehr über dieses Geheimnis offenbaren.

Die weibliche Stimme ergriff wieder das Wort:

»Mit Alexanders Hochzeit haben wir nichts zu schaffen, komm, Vladimir, es liegt an dir, uns selbst Vergnügen zu bereiten.«

»Ich werde mein Bestes geben«, versprach der Mann drängend.

In diesem Augenblick kehrte Paulinas Tanzpartner zurück, begleitet von einem Diener, der auf einem silbernen Tablett Gläser mit verschiedenen Getränken anbot.

Ohne recht zu wissen, was sie tat, nahm Paulina gedankenlos eines der Getränke vom Tablett. Sie war noch völlig überwältigt von den ungeheuren Neuigkeiten, von denen sie soeben durch Zufall Kenntnis erhalten hatte. Nicht auszudenken, wenn Prinzessin Margarita an ihrer Stelle das Gespräch ungewollt belauscht hätte. Ihre zarte, wie die ersten Frühlingsknospen aufkeimende Liebe zu dem Großfürsten wäre zerstört worden wie die sprießenden Frühlingsboten durch späte Nachtfröste.

Später hatte Paulina keine Erinnerung mehr daran, ob und worüber sie sich mit ihrem Tanzpartner noch unterhalten hatte. Es war für sie eine Erlösung gewesen, in den Ballsaal zurückzukehren, um zu tanzen und zu versuchen, mit sich ins reine zu kommen, wie sie sich künftig Margarita gegenüber verhalten sollte.

Doch dann fielen ihr die schwatzhaften Hofdamen ein, die das Unterste in den Privatangelegenheiten anderer zuoberst kehrten, und sie fürchtete, daß sie Prinzessin Margarita nicht ohne Schadenfreude erzählen würden, daß der Großfürst einen Sohn mit einer anderen Frau habe, der er jahrelang innig zugetan war.

Wenn Alexander diese Frau wirklich geliebt hat, warum nahm er sie dann nicht zu seiner Gattin? fragte sich Paulina. Eine törichte Frage, schalt sie sich alsdann, auf die ich mir selber eine Antwort geben kann.

Kein Mitglied der Kaiserlichen Familie konnte ohne die Zustimmung des Zaren eine Ehe eingehen, das wußte sie von ihrem Vater. Die meisten Ehen wurden vom Zaren gestiftet, und keiner der Betroffenen wagte je, sich seiner Entscheidung zu widersetzen.

Und so mußte diese Französin schließlich das Land verlassen, sagte sie zu sich selbst.

Paulina begriff, daß Margarita in der Zukunft nur dann Enttäuschungen erspart bleiben würden, wenn sie zu verstehen und zu tolerieren lernte, wieviel ihm diese Frau, von der er einen Sohn hatte, bedeutet haben mußte.

Da sie selbst auch noch sehr unerfahren in den Irrungen und Wirrungen der Liebe war, traf sie die Tatsache wie ein Schock, daß ein Mann eine Liebesbeziehung ohne den Segen der Kirche unterhielt, aus der sogar ein Kind hervorgegangen war.

Natürlich war ihr die käufliche Liebe ein Begriff, sie wußte, daß schon immer und überall Kurtisanen den Männern das Leben versüßt hatten, von denen manche ihre Liebhaber um ihr gesamtes Vermögen brachten und die ihre Juwelen zur Schau stellten, als seien es in Schlachten errungene Orden und Ehrenzeichen.

Dann waren da noch die reizenden Frauen, denen ihr Vater seine Zuneigung schenkte und viel von seiner Zeit widmete, die ihn mit ihrer Liebe verwöhnten, weil sie seinem unwiderstehlichen Zauber erlagen. All das war ihr nicht fremd, aber ihre eigenen Erfahrungen waren noch unberührt von dem, was die Liebe zwischen einem Mann und einer Frau bewirkte.

Unbestimmt ahnte sie, daß die Liebe etwas Wundervolles sein mußte, da sie ihre Eltern so unsagbar glücklich miteinander hatte werden lassen. Kinder waren die natürliche Folge einer solchen Liebe, also würde auch sie selbst eines Tages Kinder haben, wenn sie erst einmal glücklich verheiratet war.

Aber daß der Großfürst einen Sohn haben sollte, ohne verheiratet zu sein, das überraschte und schockierte sie zugleich.

Je mehr sie darüber nachdachte, um so stärker gewann sie die Überzeugung, daß darin eine Gefahr für Prinzessin Margaritas Glück lag und eine Gefährdung des Fundaments für diese Ehe.

Ich muß unbedingt mit Prinz Maximus darüber sprechen, dachte sie bang.

Doch während des Empfangs war es ihr unmöglich, auch nur in seine Nähe zu gelangen, denn wo immer er stand oder ging, die Prinzessin Natascha wich nicht von seiner Seite, hielt ihn umschlungen und blickte ihn immerfort in einer Weise an, die ihre Mutter als unschicklich getadelt hätte.

Erst in den frühen Morgenstunden, als manche der älteren Gäste schon verstohlen hinter vorgehaltener Hand gähnten, bat der Zar Prinzessin Natascha zum Tanz.

Während sie das Paar auf der Tanzfläche beobachtete, wurde sie gewahr, daß sich jemand an ihre Seite gesellt hatte.

»Darf ich um diesen Tanz bitten, Miss Handley?« hörte sie

den Prinzen Maximus fragen. Paulina wandte sich zu ihm um und stieß hastig und erregt hervor:

»Ich muß Euch unbedingt sprechen.«

»Ich werde entzückt zuhören, aber jetzt möchte ich tanzen, weil Ihr so leicht und beschwingt wie Distelwolle seid.«

Er hatte sie auf englisch angesprochen, und bei seinen Worten stahl sich ein leichtes Lächeln auf Paulinas Züge.

»Was wißt Ihr über englische Distelwolle?« fragte sie.

»Die gibt es auch bei uns in Altauss. Aber wenn es Euch besser gefällt, vergleiche ich Euch lieber mit einem Leuchtkäfer oder mit einer Lerche, die sich frei in die Lüfte schwingt.«

»Ihr seid genauso poetisch wie die russischen Männer«, lachte Paulina.

»Ich bin bei ihnen in die Lehre gegangen, da ich selbst etwas schwer von Begriff bin, wie schon meine Kinderschwester immer zu behaupten pflegte.«

»Ihr habt eine englische Kinderschwester gehabt?« fragte Paulina überrascht.

»Natürlich, sie sind *comme il faut* in Altauss, genauso wie hier in Rußland, obwohl die russischen Adeligen auch eine Vorliebe für französische Erzieher haben.«

»Ich habe gehört, daß Franzosen sehr leicht aus der Fassung geraten«, wandte Paulina ein.

»Das stimmt wohl, aber niemand gilt etwas in seiner sozialen Stellung, wenn er nicht für die Erziehung seiner Kinder einen Ausländer, ganz gleich ob Engländer oder Franzose, einstellt. Vielleicht liegt in diesen Erziehern die Ursache dafür, daß wir alle so ähnliche Charakter- und Persönlichkeitszüge entwikkeln.«

Paulina war nicht recht bei der Sache, denn die ganze Zeit über mußte sie daran denken, was sie vorher über den Großfürsten mitangehört hatte.

Nachdem sie sich eine geraume Weile dem Vergnügen des Tanzes hingegeben hatten, blickte sie ihn bittend an, und er begriff auch ohne Worte, was sie ihm zu verstehen geben wollte.

Mit einem letzten Schwung drehte er sie, daß sich ihr Kleid bauschte wie die aufgeblähten Segel eines Schiffes in stürmischer See.

Dann führte er sie ohne Aufhebens und ohne Aufmerksamkeit zu erregen in eine der Nischen, welche an den Ballsaal grenzten und wie eine Sommerlaube gestaltet waren, nur matt von einem künstlichen Mond an der Decke erleuchtet, welcher die Dunkelheit eher noch vertiefte als erhellte. Ein Ort wie geschaffen für zwei Menschen, die miteinander allein sein wollten.

Paulina ließ sich auf eine gepolsterte Bank sinken, und obwohl der Prinz sich dicht neben sie niedergesetzt hatte, konnte sie sein Gesicht nur verschwommen wahrnehmen.

Er legte den Arm hinter ihren Rücken auf die Lehne der Bank und fragte:

»Nun, was beschäftigt Euch, worüber wollt Ihr mit mir sprechen?«

Paulina atmete schwer und seufzte, dann berichtete sie ihm von dem ungewollt mitangehörten Gespräch.

Ihre Stimme verklang in der Dunkelheit, doch der Prinz schwieg. Schließlich nahm sie ihren ganzen Mut zusammen und fragte:

»Ihr habt davon gewußt?«

»Ja, ich wußte es.«

»Und Ihr habt nicht ein... Unglück befürchtet... für Eure Schwester..., einen Mann zu heiraten, der ein Kind mit einer anderen Frau hat?«

Wieder herrschte längere Zeit Schweigen, dann endlich erklärte der Prinz zu Paulinas Verblüffung:

»Ich bin mehr als überrascht, denn ich hätte nicht erwartet, daß unser Vater meiner Schwester eine so junge, unwissende und unerfahrene Person wie Euch als Begleiterin nach Rußland mitgeben würde.«

Paulina richtete sich steif auf:

»Wollt Ihr damit sagen, daß ich als Kammerzofe für die Prinzessin ungeeignet bin?«

»Was ich meine ist, eine ältere, lebenserfahrenere Dame würde von solchen Realitäten des Lebens nicht mehr so überrascht und schockiert sein wie Ihr«, antwortete Maximus.

»Ihr mögt diesen Dingen vielleicht geringere Bedeutung schenken, aber ich denke dabei zuerst an Eure Schwester.«

»Das tue ich doch auch, Miss Handley, und was ich heute abend schon zu Euch gesagt habe, meine ich in aller Ehrlichkeit. Die Vergangenheit muß vergangen sein, und Margaritas Zukunft liegt in den Händen eines Mannes, der sie liebt und sie umsorgen wird, und das vielleicht um so besser, da er ja schon seine Erfahrungen mit Frauen gesammelt hat.«

»Aber... er hat doch einen Sohn, und ist es nicht ein großes Unrecht, daß er die Mutter seines Kindes... nicht geheiratet hat«, stammelte Paulina.

»Das ist etwas, obwohl bedauerlich, das sich in der Welt schon immer ereignet hat, nicht nur heute und jetzt und hier, sondern zu allen Zeiten.«

»Das weiß... ich sehr wohl. Aber wenn Eure Schwester... davon erfährt..., wie kann sie dann... glücklich werden?«

Paulina brach seufzend ab. Nach einer Weile fuhr sie mit leiser Stimme fort:

»Und wenn der Großfürst eines Tages seinen Sohn zu sehen wünscht, um mit ihm zusammen zu sein, ihn all die Dinge zu lehren, die ein Mann an sein eigenes Fleisch und Blut weitergeben möchte?«

Sie erinnerte sich, wie traurig ihr Vater oft vermerkt hatte, daß seine Frau ihm nur eine Tochter schenken konnte.

Einst hatte ihre Mutter zu ihr in diesem Zusammenhang gesagt:

»Du mußt deinem Vater den Verlust ersetzen, mein Liebling, den er erlitten hat, weil ich nicht fähig war, ihm den Sohn zu schenken, den er sich so sehnlichst gewünscht hatte.«

»Warum sollte er sich einen Sohn mehr wünschen als eine Tochter?« hatte Paulina zurückgefragt.

Mit einem verstehenden Lächeln hatte ihre Mutter ihr erklärt:

»Weil es einem Mann mehr bedeutet als alles in der Welt, einen Sohn das Reiten und Schießen zu lehren, mitzuerleben, wie er in seine Fußstapfen tritt, und natürlich das Fortbestehen des Familiennamens in einem Sohn gewährleistet zu sehen.«

Damals war Paulina noch sehr jung gewesen, und obwohl sie ihren Vater über alles liebte, war sie eifersüchtig darauf gewesen, daß er sich einen Sohn gewünscht hatte und nicht sie.

»Wie kann ich Papa jemals genug sein?« war ihre Frage darauf gewesen.

»Weil dein Papa auch dich sehr liebt, mein Liebling. Du bist ein Mädchen, eines Tages wirst du heiraten, den Namen deines Mannes tragen und diesem einen Sohn schenken.«

Paulina hatte sich bemüht, den feinen Unterschied herauszufinden, und als sie heranwuchs, erkannte sie bei vielen Gelegenheiten, daß ihr Vater sich wünschte, sie würde einmal einen Sohn haben, der in seine Fußstapfen treten und ihm auch in den diplomatischen Dienst folgen würde.

Natürlich hätte sie selbst auch gerne einen Bruder gehabt, von gleichem freundlichen und heiteren Wesen wie ihr Vater.

Während sie darüber nachdachte, wurde ihr bewußt, daß sie selbst sich auch gedemütigt und in ihrem Stolz verletzt fühlen würde, wenn sie einen Mann heiraten sollte, der mit einer anderen Frau oder seiner Mätresse einen Sohn hatte.

Als ob er ihre Gedanken lesen könnte, sagte Maximus unvermittelt:

»Wie sehr wir diese Tatsache auch bedauern mögen, wir können sie nicht ungeschehen machen.«

»Und trotzdem, obwohl Ihr davon wißt, glaubt Ihr dennoch, daß der Großfürst der richtige Mann für Eure Schwester ist?«

»Ich bin zwar nicht um meinen Rat gefragt worden, aber wenn dem so gewesen wäre, mir scheint diese Tatsache nicht als Hinderungsgrund oder Gefährdung von Margaritas Glück von Bedeutung zu sein.«

»Für mich wäre es das«, wandte Paulina, ohne darüber nachzudenken, ein.

»Ihr seid keine Adlige, aber als die Tochter eines Diplomaten wißt Ihr um manche Gepflogenheiten so gut wie ich Bescheid, nämlich daß für die Aristokratie andere Gesetze und Vorschriften gelten als für gewöhnliche Sterbliche.«

»Wenn sich das so verhält, dann tut es mir aufrichtig leid für Euch«, entgegnete Paulina.

»Wir brauchen uns deswegen nicht zu bemitleiden, Margarita wird viele Vorteile genießen als Frau des Großfürsten und Mitglied der Kaiserlichen Familie. Der Zar mag ein Tyrann sein, was die Herrschaft über sein Volk betrifft, aber seiner Familie begegnet er stets fürsorglich und liebevoll.«

Das zu glauben, war Paulina nur zu gern bereit. Ähnliches war ihr ja bereits zu Ohren gekommen, dennoch war sie nicht vollends beruhigt.

»Ich bitte Euch jetzt noch um folgendes: Versucht dafür Sorge zu tragen, daß dieses Geschwätz Margarita nicht zugetragen wird. Ich danke Gott, daß sie heute abend nicht an Eurer Stelle gewesen ist«, entgegnete der Prinz kühl.

»Und ich erst«, stieß Paulina heftig hervor.

»Es tut mir so leid, daß Ihr Euch so viel Sorgen um meine Schwester macht.«

»Wie Ihr schon sagtet, das liegt wohl an meiner Unerfahrenheit.«

»Ja, leider; dies und Euer jugendliches Alter sind nicht die richtigen Voraussetzungen für die Schwierigkeiten, die Ihr zu bewältigen habt. Deshalb halte ich es für einen Fehler, daß Ihr Margarita nach Rußland begleitet habt, in dieses fremdartige und aufregende Land, das mancherlei Gefahren für jemanden wie Euch birgt.«

»Ich mache mir nicht meinetwegen Sorgen, außerdem hat

mein Vater mir viel von Rußland erzählt«, wies Paulina den Einwand des Prinzen zurück.

»Hat er Euch gewarnt, vor den russischen Männern auf der Hut zu sein? Ich meine etwas ganz Bestimmtes.«

Der seltsame Tonfall seiner Stimme ließ sie aufhorchen. Schnell fuhr der Prinz fort:

»Ihr seid wunderschön, und zweifellos bin ich nicht der erste Mann, der Euch das sagt. Aber seid auf der Hut und bedenkt, daß keiner der russischen Adligen eine Ehe ohne Zustimmung des Zaren eingehen kann, und niemals würde er sein Einverständnis für eine Ehe zwischen einem Aristokraten und einer Bürgerlichen geben.«

Prinz Maximus hatte seine Worte langsam und überlegt gewählt.

»Das alles ist mir bekannt. Was Ihr damit sagen wollt, ist doch wohl die Unmöglichkeit, daß der Zar einer Ehe zwischen dem Großfürsten und dieser Französin zugestimmt hätte. Nicht einmal ›einer Ehe zur linken Hand‹«, warf Paulina ein.

Der Prinz nickte zustimmend.

»Obwohl sie einer guten, alteingesessenen französischen Familie entstammt. Ihr Vater war zwar kein Aristokrat, aber ein höchst angesehener und gebildeter Mann. Trotzdem, der Zar hätte sie unter keinen Umständen als Frau für den Großfürsten akzeptiert.«

Paulina preßte die Lippen zusammen. In diesem Fall wäre es die Pflicht des Großfürsten gewesen, sich rechtzeitig von ihr zu trennen, aber auch die Frau ist nicht ganz schuldlos daran, daß es soweit gekommen ist, dachte sie, wagte aber nicht, ihre Gedanken laut auszusprechen.

»Liebe ist stärker als alle Konvention. Zweifellos hatte der Großfürst für viele Jahre sein Glück gefunden in der Liebe einer Frau, die ihn um seiner selbst willen liebte und nicht aus Prestigegründen oder seiner sozialen Stellung wegen.«

»Und nun?« fragte sie weiter.

»Es ist zu Ende. Der Großfürst hat einen Schlußstrich gezogen. Seine besten Freunde haben mir versichert, obwohl ich selbst nie mit ihm darüber gesprochen habe, daß er die Mutter seines Sohnes nie mehr wiedersehen wird.«

»Aber da ist… noch sein Sohn«, seufzte Paulina.

Der Prinz antwortete nicht sofort. Nach einer ihr endlos erscheinenden Pause des Schweigens erklärte er schließlich:

»Soviel ich weiß, sind entsprechende Abmachungen, den Jungen angehend, getroffen worden. Doch das geht uns nichts an, wofür wir beide sorgen müssen, Ihr, Paulina, und ich, ist, daß Margarita von seiner Existenz nichts erfährt.«

Prinz Maximus hatte sie mit ihrem Vornamen angesprochen, was sie sehr wohl bemerkt hatte, obwohl sich ihre Gedanken jetzt nur mit Prinzessin Margarita beschäftigten.

»Werdet Ihr mit dem Großfürsten sprechen und ihm klarmachen, wie wichtig es für Prinzessin Margarita ist, ihr die Existenz seines Sohnes geheimzuhalten?«

»Ja, ich werde mit ihm darüber reden.«

»Ich weiß, Ihr haltet mich für dumm und töricht…, weil ich so verwirrt und durcheinander bin… durch das, was ich gehört habe, aber gerade deshalb weiß ich genau…, wie es die Prinzessin aufnehmen würde. Vielleicht hat der Großfürst kein Verständnis dafür…, weil sie keine russische Frau ist und daher mit den hier herrschenden Gepflogenheiten am Zarenhof nicht vertraut ist.«

Zu ihrer Überraschung sprang der Prinz auf, ergriff ihre Hand und zog sie an seine Lippen.

»Als Ihr heute abend davon spracht, all Euer Sinnen und Trachten gelte nur Margaritas Glück, hoffte ich, daß Ihr es aufrichtig meintet – jetzt weiß ich es! Jetzt weiß ich auch, was sie an Euch hat, und ich bin dankbarer, als ich mit Worten ausdrücken kann.«

Ein Schauer durchlief Paulina, als er noch einmal ihre Hand küßte.

»Jetzt werde ich Euch in den Ballsaal zurückbegleiten. Sonst fangen noch die alten Klatschbasen an, über uns zu tratschen – und das wäre nicht gut für uns.«

»Ja, natürlich...«, stimmte Paulina zu.

Schuldbewußt senkte sie den Kopf, denn sie hatte den Prinzen dazu verleitet, allein mit ihr die Gesellschaft zu verlassen, aber dann sagte sie sich, daß sie unbedingt mit ihm über Prinzessin Margarita hatte sprechen müssen.

Als sie die Nische verließen, tauchte der künstliche Mond Paulina in ein silbriges Licht und ließ sie noch zarter und feenhafter erscheinen, wie ein Wesen von einem anderen Stern.

Sie blickte zu Maximus auf und bemerkte, daß er sie mit einem seltsamen Ausdruck in seinen dunklen Augen betrachtete, und beide fühlten sich auf unerklärliche Weise voneinander angezogen.

Für einen kurzen Augenblick war sie unfähig, sich zu bewegen. Schließlich hauchte sie mit schwacher Stimme:

»Wir müssen... gehen.«

Schweigend suchten sie den Ballsaal wieder auf, aus dem ihnen fröhliche Musik entgegenschlug.

Der Morgen graute schon, als Prinz Maximus schließlich sein Schlafzimmer aufsuchte.

Ein müde gähnender Diener erwartete ihn, um ihm beim Auskleiden behilflich zu sein.

Schweigend entledigte er sich seiner Garderobe, hüllte sich in einen bodenlangen Morgenmantel, ging zum Fenster hinüber und zog die Vorhänge beiseite.

Die ersten Sonnenstrahlen stahlen sich über die Turmspitzen der Kirchen, die Stadt schien noch zu schlafen. Kein Mensch war in den Straßen zu sehen.

Dann erinnerte er sich der lockenden Botschaft Nataschas, als sie vor ihm den Ballsaal verlassen und ihm ›Gute Nacht‹ gewünscht hatte.

Er wußte, daß sie, sobald sein Diener ihn verließ, durch eine der Geheimtüren sein Schlafgemach betreten würde. Diese Geheimtüren gab es in allen Räumen des Winterpalastes, man mußte sie nur zu finden wissen. Natascha hatte vielleicht sogar vom Zaren selbst einen Hinweis bekommen.

Obwohl er bisher nie darüber nachgedacht hatte, erschien es ihm in diesem Augenblick unpassend, daß sie zu ihm kam und er keine Möglichkeit hatte, zu ihr zu gehen.

In allen seinen *affaires de cœur* – und davon hatte es viele in seinem bisherigen Leben gegeben, hatte stets er die Frauen aufgesucht und nicht umgekehrt.

Plötzlich fühlte er sich in der Rolle des Wartenden unbehaglich.

Als Mann wollte er die Frau erobern, die er begehrte, sie sollte sich in Sehnsucht nach ihm verzehren.

Ihm wurde bewußt, daß Natascha ihre Begierde an ihm löschen würde, so wie ein Raubtier seine Beute schlägt, und er würde ihren Lockungen erliegen.

Die Situation widerstrebte ihm, war gegen die Natur wie gegen seine ureigensten Empfindungen.

Und zum erstenmal seit ihrem Wiedersehen wurde ihm bewußt, daß die Leidenschaft, deren Wogen über ihnen zusammengeschlagen waren, wann immer sie sich gesehen hatten, sich am vergangenen Abend, während sie sich beim Tanz umschlungen hielten, nicht mit dem gewohnten Feuer entzündet wurde. Auch als sie ihm ihre Sehnsucht zuflüsterte und ihn dabei verführerisch angelächelt hatte, was ihn bisher jedesmal ganz von Sinnen werden ließ vor Verlangen nach ihr, sprang der heiße Funke nicht über.

Als die Sonne auch die letzten verblassenden Sterne vom Morgenhimmel vertrieben und der Diener sich mit einem respektvollen ›Gute Nacht‹ zurückgezogen hatte, war der Prinz zu einem Entschluß gekommen. Energisch zog er wieder die Vorhänge vor das Fenster und wartete, bis der Diener im Dunkel des Flures verschwunden sein mußte. Dann öffnete er die Tür und schlüpfte aus seinem Zimmer.

Von seinen vielen Aufenthalten im Winterpalast wußte er, daß an diesem Flur die Schlafräume der Gäste des Zaren lagen, die aber, wenn überhaupt, kaum benutzt wurden, wenn die männlichen Besucher ohne ihre Frauen hier logierten.

Und da nur wenige auswärtige Gäste an dem heutigen Empfang teilgenommen hatten, konnten ohnehin nur ein paar der Zimmer belegt sein.

Er tat einige Schritte den Gang hinunter und öffnete dann, auf sein Gefühl und sein Glück vertrauend, eine der Türen und trat ein.

Der Raum lag in tiefem Dunkel. Prinz Maximus verharrte ein paar Augenblicke still, auf die tiefen Atemzüge eines möglichen Schläfers lauschend.

Da alles ruhig blieb, durchschritt er den Raum auf das Fenster zu, durch dessen geschlossene Vorhänge die fahle Morgendämmerung schimmerte, und zog die schweren Vorhänge beiseite.

Wie erwartet, sah er das Bett unberührt.

Mit einem feinen Lächeln um seine Lippen ging er zurück zur Tür, verschloß sie, wandte sich dann dem Bett zu und schlug die mit dem Kaiserlichen Emblem bestickte Decke zurück, legte seinen Morgenmantel ab und schlüpfte unter die weichen Kissen, um zu schlafen.

Kurz bevor er entschlummerte, dachte er noch daran, daß er am nächsten Morgen für Prinzessin Natascha eine einleuchtende Erklärung für seine Abwesenheit parat haben mußte. Ohne sich deshalb zu beunruhigen, schlief er alsbald im Vertrauen auf seine Schlagfertigkeit ein.

Paulina und Prinzessin Margarita hatten den Ballsaal verlassen, als sie sich müde und erschöpft fühlten.

Während sie zusammen die Treppe hinauf zu ihren Schlafgemächern gingen, sagte Margarita:

»Es war ein wundervoller Abend. Alexander ist ein überraschend guter Tänzer, weit besser als irgendein Mann, mit dem ich bisher getanzt habe.«

»Euer Bruder tanzt ebenfalls ganz ausgezeichnet«, antwortete Paulina.

»Ich habe euch beide gesehen, und ich war froh, daß Maximus für einige Zeit den Armen dieser glutäugigen, aufreizenden Prinzessin Natascha entfliehen konnte. Ich kann sie nicht leiden!«

»Aber Ihr kennt sie doch kaum. Wodurch hat sie Euren Zorn entfacht?« fragte Paulina verständnislos.

»Hast du denn nicht beobachtet, wie sie Maximus umgarnt hat? Sie sollte sich schämen, sich derart vulgär aufzuführen. So etwas Obszönes hätte ich im Kaiserlichen Ballsaal nicht erwartet.«

Die Prinzessin sprach Paulinas geheime Gedanken aus, die sie nie zu äußern gewagt hätte.

»Prinzessin Natascha ist... auf eine exotische Weise... auffallend schön.«

»Ich fürchte, Maximus bewundert sie sehr, aber ich wüßte nicht, weshalb. Und nach allem, was ich gehört habe, ist sie eine sehr flatterhafte und lasterhafte Frau«, zürnte die Prinzessin.

»Weshalb sagt Ihr so Schlechtes von ihr?« fragte Paulina.

Prinzessin Margarita näherte ihre Lippen Paulinas Ohr und flüsterte:

»Sie spioniert für den Zaren. Eine der Hofdamen hat es mir heute abend erzählt. Wenn der Zar etwas von einem Diplomaten oder Gesandten erfahren will, setzt er Prinzessin Natascha auf ihn an, die bisher noch jedem Mann durch ihre Verführungskünste auch das bestgehütete Geheimnis entlocken konnte.«

»Ist das wahr?« fragte Paulina entrüstet.

»So zumindest hat es die Hofdame mir berichtet. Sie und einige andere würden Natascha am liebsten von ihren Festlichkeiten fernhalten, aber da sie für den Zaren von so großem Nutzen ist, getrauen sie sich nicht.«

Auch Paulina hatte es einen Stich versetzt, mitanzusehen, wie heftig und ungeniert Prinzessin Natascha mit Prinz Maximus flirtete.

»Glaubt Ihr..., Euer Bruder weiß davon...?«

»Ich denke schon«, antwortete Margarita leichthin, »und ich glaube nicht, daß er darüber sehr entsetzt ist, zumal er ja kein Geheimnisträger ist.«

Die Prinzessin hatte leicht reden, aber sie als die Tochter eines Diplomaten dachte daran, daß auch Altauss eine ganze Reihe von Staatsgeheimnissen zu hüten hatte, die für den Zaren oder die Herrscher anderer Länder interessant genug waren, sie auskundschaften zu lassen und für die eigene Politik zu nutzen.

»Wenn das wirklich wahr ist, müssen wir Euren Bruder warnen«, rief Paulina ängstlich aus.

Sie verabscheute die Verwerflichkeit solchen Handelns aus tiefstem Herzen, und wenn sie daran dachte, auch Prinz Maximus könnte von Prinzessin Natascha für ihre Zwecke ausgenutzt worden sein oder noch in eine Falle stolpern..., eine Anklage wegen Landesverrat könnte die Folge sein, und ein Skandal wäre unausweichlich.

Jetzt erinnerte sie sich auch wieder der Äußerungen ihres Vaters, ein Diplomat könne nicht vorsichtig genug sein in allen Lebenslagen. In diesem Zusammenhang verstand sie ihn erst richtig.

Voller Sorge um Prinz Maximus schickte sie ein Stoßgebet zum Himmel, daß er von einem solchen Schicksal bewahrt bleiben möge.

Nachdem sie Prinzessin Margarita ›Gute Nacht‹ gewünscht hatte und zu Bett gegangen war, lag sie noch lange wach. Ihre Sorge um Prinz Maximus und das Tun der Prinzessin Natascha ließ sie keinen Schlaf finden.

Natascha ist eine Frau, der er blind ergeben zu sein scheint, dachte sie. Wie bescheiden nahm sie selbst sich gegen diese außergewöhnliche Frau aus, die die Behendigkeit und grazile Eleganz einer Gazelle mit der Leidenschaftlichkeit einer Wildkatze in sich vereinte.

Sie verstand auch, daß eine Frau wie Natascha schon allein wegen ihrer Andersartigkeit auf die Männer anziehend wirkte.

Es ging eine magische Ausstrahlung von ihr aus, die Paulina jedoch im Grunde ihres Herzens für teuflisch und Verderben bringend hielt. Prinz Maximus dagegen war ein gutmütiger, leichtgläubiger Mensch, der die Gefahr nicht sah, in der er umkommen konnte.

Ich muß ihn warnen, dieser Gedanke ließ Paulina nicht mehr los.

Doch dann plagten sie wieder die Zweifel, ob es richtig von ihr sei, denn zweifellos mußte er sie in diesem Fall für aufdringlich halten und empfand vielleicht ihre Warnung als Einmischung in seine Privatangelegenheiten.

»Bitte, Herr und Gott, beschütze ihn... bitte... bitte...«, betete sie inbrünstig in der Dunkelheit.

Doch dann überwältigte sie ein ganz anderer Gedanke. Wenn jetzt Natascha ebenso große und aufrichtige Liebe zu Maximus empfand wie die Französin, Marie-Celeste, dem Großherzog entgegengebracht hatte?

»Nein, nein, nochmals nein!« entrang sich ein Schrei der Verzweiflung ihrer Brust.

Schluchzend und weinend sank sie erschöpft in einen unruhigen Schlaf.

Am nächsten Tag herrschte am Hofe überall ein großes Durcheinander wegen des bevorstehenden Aufbruchs nach Peterskoje Selo.

Kaum waren Paulina und die Prinzessin erwacht, ging es in ihren Schlafgemächern zu wie in einem Bienenkorb. Diensteifrige Diener eilten hin und her, packten und riefen sich gegenseitig Anordnungen zu.

Riesige, fertig gepackte lederne Schrankkoffer wurden draußen in den Gängen abgestellt, und es entspann sich eine erregte Diskussion darüber, wessen Gepäck – Paulinas oder das der Prinzessin – zuerst verladen werden sollte.

Als sie später die breite Treppe ins Untergeschoß hinuntergingen, schien das Durcheinander noch chaotischere Formen angenommen zu haben.

Sie konnten sich angesichts des Aufruhrs kaum vorstellen, daß der Zar und die Zarin regelmäßig zwischen dem Winterpalast und dem Landsitz hin und her reisten, der gut eine eineinhalbstündige Fahrt von St. Petersburg entfernt lag.

Paulina freute sich auf die Reise in den offenen Kutschen und daß der Großfürst sie begleitete.

Ein paar kräftige, blank gestriegelte Pferde zogen die Kutsche durch das weite, offene Land, das sich ziemlich reizlos flach dahinstreckte, vereinzelt nur von in voller Blüte stehenden Bäumen unterbrochen.

Die Ärmlichkeit und das zerlumpte Aussehen der wenigen Menschen, denen sie unterwegs begegneten, fielen Paulina besonders auf. So wurden ihr die krassen Unterschiede deutlich, die zwischen der Bevölkerung und der Oberschicht herrschten.

Der Großfürst und Prinzessin Margarita unterhielten sich angeregt während der gesamten Fahrt. Paulina mühte sich angestrengt, ihrem Gespräch nicht zu folgen, und hielt ihren Blick seitwärts über das Land gerichtet, um sie ihre Anwesenheit vergessen zu machen.

Trotz der Ablenkung durch die Reise nach Peterskoje Selo mußte Paulina immer wieder an die Frau denken, mit welcher der Großfürst so viele Jahre liiert gewesen war. Sie versuchte sich immer wieder vorzustellen, was geschehen würde, wenn Margarita von der Existenz eines Sohnes des Großfürsten erführe; ob sie ihn dann noch heiraten würde?

Paulina mußte sich eingestehen, daß der Prinzessin auch dann kaum eine andere Wahl blieb; falls sie versuchen sollte, gegen die zwischen ihrem Vater und dem Zaren abgesprochene Heirat aufzubegehren, würde man sie mit mehr oder minder sanftem Zwang dazu zwingen wollen.

»Mir scheint sie wie eine Marionette, die nur zum Wohle von Altauss an ihren Fäden gehalten wird«, sagte sie zu sich selbst, »und das Land und der Großfürst sind dankbar für die große Gunst, die das gewaltige Rußland ihnen erweist.«

Ihre Lippen bewegten sich lautlos, als sie in Gedanken hinzufügte:

»Politische Schachzüge setzen sich über das Glück des einzelnen hinweg.«

Zorn erfüllte sie bei dem Gedanken, daß Margaritas Gefühle der Staatsräson geopfert werden könnten.

Am Horizont tauchte die Sommerresidenz Peterskoje Selo auf, umgeben von einer großen Anzahl langgestreckter hübscher Gebäude, inmitten von in üppiger Blütenpracht leuchtenden Gartenanlagen.

Schon bei ihrer Ankunft erfuhren sie, daß ein kleines Fest im Gange war; einer der schon anwesenden Gäste war Prinz Maximus.

Erleichtert entnahm Paulina der Gästeliste, die ihr ein devot sich verbeugender Diener gereicht hatte, daß Prinzessin Natascha nicht unter den Besuchern weilte.

Seit dem vergangenen Abend hatte sich dieser Name wie ein schwerer Ring um ihre Brust gelegt, doch nun schien ihr die Sonne noch gleißender vom Himmel zu strahlen bei der Gewißheit, sie hier nicht anzutreffen.

Als sie schließlich die Suite, die für Margarita und sie hergerichtet worden war, betraten, konnte sie die gute Nachricht nicht länger für sich behalten:

»Gott sei Dank, ich habe gerade erfahren, daß Prinzessin Natascha nicht hier sein wird, so daß Ihr mehr Gelegenheit habt, die Gesellschaft Eures Bruders zu genießen.«

»Oh, wie schön!« rief Margarita erfreut aus, »wenn er nicht

von dieser Frau in Anspruch genommen wird, kann er sich um uns kümmern, und wir werden viel Spaß mit Maximus haben.«

Nachdem sie ihr Reisecape abgelegt hatte, fügte sie hinzu:

»Ich bin überaus glücklich, Alexander war auf der Reise hierher ganz reizend zu mir. Hast du bemerkt, Paulina, daß er die ganze Zeit über meine Hand gehalten hat?«

»Ja, ich habe es gesehen, und ich freue mich sehr für Euch.«

»Ich bin jetzt sicher, er liebt mich um meinetwillen, so wie ich bin, und auch ich fange an, ihn zu lieben«, bekannte Margarita glücklich.

»Oh, meine Liebe, das macht mich so froh.«

»Trotzdem möchte ich nicht so schnell heiraten. Alexander hat mir zugesichert, daß ich mir alles nach meinen Wünschen einrichten darf.«

Paulina lächelte und küßte die Prinzessin auf die Wange.

»Mir scheint, Ihr könnt den Großfürsten schon jetzt um den kleinen Finger wickeln und alles von ihm haben.«

»Erinnerst du dich, daß mein Papa immer sagte: ›Man fängt mehr Fliegen mit Honig als mit Essig‹.«

Paulina entsann sich einer Gelegenheit, als Prinzessin Margarita eine ihrer Dienerinnen heftig gescholten hatte, weil diese etwas falsch gemacht hatte. Der Großherzog hatte die Szene miterlebt und seine Tochter nachsichtig mit diesem alten Sprichwort getadelt. Er hatte ihnen auf seine gütige und milde Weise eine Lektion erteilt, hilfreich und fürsorglich gegeneinander zu sein.

»Eine schöne Frau kann alles mit einem charmanten Lächeln erreichen. Das ist die beste und erfolgreichste aller Methoden«, hatte seine milde Zurechtweisung gelautet.

Paulina unterrichtete ihren Vater von diesem Vorfall, der darauf geantwortet hatte:

»Mein liebes Kind, das dürfte dir eigentlich nichts Neues sein. Nimm dir ein Beispiel an deiner Mutter. Sie konnte jeden für sich einnehmen, ganz gleich ob Mann, Frau oder Kind, allein durch ihre Freundlichkeit und ihren Charme.«

»Ich werde versuchen, immer daran zu denken«, erwiderte Paulina ihm.

»Du bist schon auf dem besten Wege, meine Liebe. Ich zum Beispiel kann dir keine Bitte abschlagen«, war die lachende Antwort ihres Vaters gewesen.

Prinzessin Margaritas freundliche kindliche Art, etwas zu erbitten, konnte den Großfürsten Alexander schon jetzt nicht mehr nein sagen lassen.

Paulina drängte sich in diesem Augenblick die Frage auf, wie sich die Französin Marie-Celeste dem Großfürsten gegenüber verhalten haben mochte, oder Prinzessin Natascha, wenn sie mit Prinz Maximus allein war.

Um sich von diesen Gedanken abzulenken, richtete sie ihre Aufmerksamkeit auf andere Dinge und erzählte Margarita von den Komplimenten, die man ihr letzte Nacht beim Ball gemacht hatte, und wie schade es sei, die aufwendige und wunderschöne Dekoration nach einmaliger Verwendung am nächsten Tag wegzuwerfen.

Die Prinzessin zuckte mit den Schultern und antwortete:

»Was macht das schon, da der Zar so unermeßlich reich ist.«

»Aber, hast du nicht gesehen, wie arm und zerlumpt die Menschen aussahen, denen wir auf dem Weg nach Peterskoje Selo begegnet sind?« wandte Paulina ein.

Prinzessin Margarita schien an den sozialen Zuständen des Landes kein Interesse zu haben, und Paulina hielt es daher nicht für richtig, sie auf die krassen Unterschiede zwischen Arm und Reich aufmerksam zu machen.

Margarita würde hier ihr Zuhause finden müssen, und es wäre eine unnötige Belastung, sie jetzt auch noch mit der Armut der Bevölkerung zu konfrontieren, wenn auch das Geld bei Hofe mit vollen Händen ausgegeben wurde.

Wenn ich die Möglichkeit hätte, würde ich mich dafür einsetzen, das Los der Armen zu erleichtern, dachte sie und schreckte vor der Vorstellung zurück, ständig in Rußland zu leben und dieses Problem immer vor Augen haben zu müssen.

Paulina hatte in der kurzen Zeit bereits die Oberflächlichkeit der meisten Angehörigen der Aristokratie durchschaut, die nur an Luxus, Vergnügen und Abenteuer interessiert waren.

Sollte Prinz Maximus eines Tages als Regent nach Altauss zurückkehren, wird auch er nach den aufregenden und abwechslungsreichen Jahren in Rußland das Leben in seiner Heimat als fade und langweilig empfinden, dachte Paulina traurig.

Sie hatte bisher noch nicht darüber nachgedacht, daß die Entscheidung, Prinz Maximus in so jungen Jahren in das ferne fremde Land gehen zu lassen, um in der Kaiserlichen Armee Ruhm und Ehre zu erringen und die Gunst des Zaren zu genießen, vielleicht falsch gewesen war.

Wenn er jetzt schon die russische Lebensart der Adligen in sich aufgenommen hatte mit ihrer Neigung zu Exzessen und der Mißachtung der Menschenwürde, ohne Gefühl für die Leiden der Leibeigenen, über deren Tod und Leben sie die Macht hatten? Sie lebten im Überfluß, während der größte Teil der Bevölkerung dieses riesigen Landes in Hunger, Elend und Krankheit dahinvegetierte.

»Das ist eine zum Himmel schreiende Ungerechtigkeit«, sagte sie zu sich selbst.

Sie fragte sich, ob sie wohl stark genug sein würde und den Mut aufbrächte, über dieses Problem mit Prinz Maximus zu diskutieren.

Zu sich selber sagte sie dann laut: »Aber das würde mir und meiner Stellung keinesfalls zustehen.«

Englische Tradition der Erziehung, das unbestechliche Gefühl für Gerechtigkeit und das Eintreten für den Schwächeren bestimmten Paulinas Gedanken und Empfindungen.

Sie erinnerte sich der Fürsorge ihres Vaters für seine alte Dienerschaft, die schon seinem Vater treu ergeben war, als er in seiner Funktion als Diplomat England verließ.

Das Herrenhaus in Buckinghamshire mit seinen Besitztümern

befand sich schon seit mehr als dreihundert Jahren in Familienbesitz, und ihre Mutter hatte sich in dem schönen Herrensitz besonders wohl gefühlt.

Der diplomatische Dienst brachte es mit sich, daß Sir Christopher Handley viel auf Reisen war, aber sein Heim in England blieb ihm jedoch stets eine Stätte der Zuflucht und Besinnung, wenn er sich von den Strapazen seines anstrengenden Dienstes erholen wollte.

Auch für Paulina blieb später, als sie ihren Vater auf seinen Reisen begleitete, das altehrwürdige Herrenhaus stets ihr ›Zuhause‹.

In England würde man die Menschen unseres Landes nie in Not und Elend zugrunde gehen lassen, dachte sie.

Da sie sich jedoch ihrer Neigung bewußt war, von Dingen, die sie selbst gesehen hatte, auf andere zu schließen und die Zustände in Rußland in Bausch und Bogen zu verurteilen, bemühte sie sich um Objektivität.

»England ist so klein und unbedeutend im Vergleich zu Rußland«, murmelte sie seufzend vor sich hin.

Und auch Altauss war dagegen ein winziges glückliches, vom Lauf der Welt begünstigtes Land, in dem immer die Sonne schien.

Im Geiste sah sie ihren Vater, wie er durch die fruchtbaren grünen Auen zur Jagd ritt oder sich im Garten mit seinen Rosen beschäftigte oder lesend in seiner Bibliothek saß.

Eine große Sehnsucht nach ihm und ihrem Zuhause überkam sie, und sie fühlte die Zeit kommen, wo sie die Tage zählen würde bis zur Rückkehr an die Seite ihres Vaters.

Unvermittelt trat das Bild des Prinzen Maximus in ihre Gedanken, wie es ihr von ihrer letzten Begegnung noch lebhaft in Erinnerung war, als er sie lange aus seinen tiefen dunklen Augen angeschaut hatte.

Sie hatte seinen Blick erwidert und empfunden, daß zwischen ihnen ein Gefühl der Verbundenheit gewachsen war, das sie sich nicht erklären konnte.

»Ich darf nicht so viel an ihn denken«, wies sie sich selbst zurecht. »Er ist für mich unerreichbar; eines Tages wird er die Nachfolge seines Vaters antreten und eine Prinzessin zur Frau nehmen«, dachte sie traurig.

5

Paulina machte einen Spaziergang in den Gartenanlagen. Sie fühlte sich einsam und von Sehnsucht nach ihrem Zuhause in Altauss überwältigt.

Sie hoffte den Mut aufzubringen, die Erlaubnis für ihre Rückkehr zu erbitten, nachdem immer deutlicher wurde, daß ihre Anwesenheit nicht länger erforderlich war und die Prinzessin ihrer Dienste nicht mehr bedurfte.

Am Tage nach ihrer Ankunft in Peterskoje Selo reisten die drei Schwestern des Großfürsten an und machten so viel Aufhebens um Prinzessin Margarita, daß Paulina sich mehr und mehr überflüssig vorkam.

Die drei jungen Mädchen waren schön, liebenswert und schäumten über vor Lebensfreude.

Sie brachen immer wieder in Begeisterung und Jubel über die bevorstehende Vermählung ihres Bruders mit Prinzessin Margarita aus, und ihre Erleichterung, dadurch für immer die Französin Marie-Celeste vergessen zu können, war unverkennbar.

Prinzessin Margarita blühte in ihrer Liebe zum Großfürsten von Tag zu Tag mehr auf und war von ihren neuen Verwandten entzückt.

»Ich bin so froh, solche reizenden Schwägerinnen zu bekommen«, vertraute sie Paulina an, »denn manchmal hatte ich befürchtet, daß die Verwandten meines Bräutigams mich vielleicht nicht mögen oder gar eifersüchtig auf mich sein würden.«

Die drei Schwestern zeigten ihr offen ihre Zuneigung und versicherten ihr immer aufs neue, daß ihre Ehe mit dem Großfürsten nicht nur ihre, sondern die einhellige Zustimmung aller Verwandten fände.

Sie hatten Margarita die wunderschönsten Juwelen als Geschenk mitgebracht, die sich nicht beherrschen konnte, sie heimlich – nur in Paulinas Gegenwart – anzulegen.

»Nie hätte ich mir träumen lassen, daß ich einmal Schmuck von so auserlesener Schönheit besitzen würde«, hauchte sie selig mit vor Überwältigung halberstickter Stimme.

Paulina war von der Aufrichtigkeit der Beteuerungen der Vladirwitschs überzeugt, in Margarita die ideale Frau für ihr Familienoberhaupt gefunden zu haben, was sie nicht zuletzt durch kostbare Hochzeitsgeschenke unterstrichen.

Unter den Geschenken befand sich auch ein wertvolles Cape aus Zobel, das sich in Qualität und Schönheit der Verarbeitung mit jedem Pelz der Zarin messen konnte. Daneben eine Anzahl verschiedenster anderer schöner Pelze, die Margarita gegen die eisige Kälte, die der Winter von Sibirien nach St. Petersburg brachte, schützen würden.

Dann werde ich bereits wieder zu Hause sein, dachte Paulina froh, in der Hoffnung, daß ihre Tage als Kammerzofe der Prinzessin gezählt waren.

Am nächsten Morgen, kurz nachdem sie miteinander gefrühstückt hatten, überbrachte ein Kurier einen Brief vom Großfürsten Alexander.

Prinzessin Margarita öffnete ihn gleich und begann mit einem erwartungsvollen, freudig erregten Lächeln zu lesen. Sie stieß plötzlich einen Schrei aus, der Paulina zusammenfahren ließ.

»Was ist denn geschehen?« fragte sie erschreckt.

»Wunderbare Neuigkeiten. Alexander erhält eine neue Aufgabe, und was denkst du, wohin die ihn führt?« rief Margarita begeistert aus.

»Sag es mir bitte, ich bin sehr neugierig, es zu erfahren.«

»Stell dir vor, er soll als Stellvertreter von Prinz Voronzow nach Odessa gehen.« Margarita tat einen tiefen Atemzug und seufzte glücklich, bevor sie fortfuhr:

»Kannst du dir etwas Schöneres vorstellen. Wir werden weit weg vom Hof und St. Petersburg leben und – wie Alexander schreibt – ganz für uns allein sein.«

Paulina erkannte jedoch darin den klugen Schachzug des Zaren, das jungvermählte Paar vom Hof und den geschwätzigen Höflingen fernzuhalten, um Unheil von ihm abzuwenden.

Prinz Voronzow herrschte als Vizekönig in dem neuen russischen Eroberungsgebiet im Süden des Landes, und seine kluge Amtsführung hatte ihm nicht nur in Rußland, sondern darüber hinaus in ganz Europa viel Lob und Anerkennung eingetragen.

Durch den Ausbau des Hafens trug er ganz erheblich dazu bei, den Handelsverkehr zu fördern, er baute Schulen und Krankenhäuser und hatte einen Stab von fähigen Ratgebern um sich versammelt, die ihn in der Verwaltung der Provinz unterstützten.

Die Schiffahrt auf dem Schwarzen Meer war von ihm ins Leben gerufen worden, und er hatte Fachleute im Weinanbau und in der Weinkelterung aus Frankreich ins Land geholt, um auf der Krim den Anbau von Wein zu überwachen und zu verbessern.

Ihr Vater hatte Paulina schon viel über diese Neuerungen erzählt, und so sagte sie aus tiefster Überzeugung:

»Ihr werdet dort bestimmt Euer Glück finden.«

Und nach einer kurzen Pause fügte sie hinzu:

»Es wird sicher... nicht nötig sein..., daß ich Euch dorthin begleite.«

»Paulina, aber natürlich mußt du mitkommen«, protestierte Margarita.

Sie reichte Paulina den Brief. Nachdem sie ihn aufmerksam gelesen hatte, erschien ihr die Antwort der Prinzessin auf ihre Frage halbherzig und vage, und sie nahm sich vor, ihre Bitte, nach Altauss zurückkehren zu dürfen, noch einmal nachdrücklich vorzubringen. Wenn sie auch wußte, wie wenig der Zar es schätzte, wenn jemand versuchte, seine einmal gefaßten Pläne zu durchkreuzen.

Da die Vermählung am nächsten Tag stattfinden sollte, war der Großfürst bereits nach St. Petersburg vorausgefahren. Morgen also sollte Margarita in der Kathedrale in St. Petersburg dem Großfürsten Alexander angetraut werden.

Die drei Schwestern ihres Bräutigams waren neben einigen anderen jungen Verwandten des Zaren als Brautjungfern ausersehen.

Nach der Trauung sollte ein Empfang im Winterpalast stattfinden, der an Glanz und Festlichkeit sicher alles bisher Dagewesene in den Schatten stellen würde.

Nach Beendigung der Feierlichkeiten stand dem jungvermählten Paar ein Palast außerhalb der Stadt zur Verfügung, um sich dort zurückzuziehen und zwei Tage lang ihr junges Glück zu genießen, um anschließend nach St. Petersburg zurückzukehren und bald darauf die lange Reise nach dem im Süden des Landes gelegenen Odessa anzutreten.

Paulina befand sich in einem quälenden Zwiespalt, einerseits fühlte sie sich überflüssig als Begleitung für die Prinzessin und sehnte sich zurück nach Altauss zu ihrem Vater, andererseits wollte sie Margarita ihre Dienste in Odessa nicht abschlagen, falls sie ihrer wirklich bedurfte.

Am liebsten wäre sie vor dieser Entscheidung davongelaufen und hätte sich irgendwo verkrochen.

Doch sie wußte, daß sie sich der Wirklichkeit stellen und eine Entscheidung treffen mußte.

Auch war sie ehrlich genug zuzugeben, daß nicht nur das Gefühl, überflüssig zu sein, ihr das Herz schwermachte, sondern der Gedanke, wen sie zurücklassen müßte, legte sich wie ein Panzer um ihre Brust.

Sie hielt an einem kunstvollen Wassergarten inne. Aufschäumende Wasserkaskaden plätscherten über künstlich angelegte Felsen und Klippen inmitten von blühenden Wasserpflanzen, zwischen denen glitzernde Goldfische dahinschwammen.

Trotz aller Schönheit blieb der Eindruck der unnatürlichen Künstlichkeit, und Paulina verspürte plötzlich ein unbändiges Verlangen danach, auf dem Rücken eines Pferdes durch das weite offene Land zu galoppieren und zu fühlen, wie der Wind durch ihr langes aufgelöstes Haar strich und ihr glühendes Gesicht umspielte.

»Wenn ich nur jemanden um Rat fragen könnte«, sagte sie laut vor sich hin und nahm ihre Wanderung durch den Garten wieder auf, als sie hinter sich Schritte vernahm.

Sie wandte sich scheu um, in der Erwartung, einen Gärtner oder vielleicht einen Kurier zu sehen, mit dem Auftrag, sie zurück in den Palast zu beordern.

Vor Erstaunen starr, blieb sie unvermittelt stehen.

Sie erkannte Prinz Maximus, der noch halb verdeckt von Sträuchern und Blütenstauden auf sie zukam.

Unschlüssig verharrte sie, sich dessen nicht bewußt, wie reizvoll sie inmitten der üppigen Blütenpracht in ihrem einfachen Leinenkleid, welches die Farbe ihrer Augen so vorteilhaft unterstrich, wirken mußte.

Die Silhouette ihrer schlanken Gestalt hob sich deutlich ab von einem Wasserfall, dessen Fontänen sich sprudelnd über künstliche Felsen in einen kleinen See ergossen.

Paulinas Herz pochte so wild, daß sie fürchtete, er müsse es schlagen hören.

Inzwischen stand Maximus an ihrer Seite und schaute auf sie herab, doch sie wagte nicht, ihre Augen zu erheben und seinen Blick zu erwidern.

»Ich sah Euch den Palast verlassen, und ich dachte mir, daß Ihr Eure Schritte hierher lenken würdet.«

»Ich wollte... allein sein..., um nachzudenken«, antwortete sie stockend.

»Ich ahnte, in welche Verwirrung Euch die Pläne des Zaren mit Margarita und Alexander stürzen mußten, als Ihr davon

Kenntnis erhieltet«, fuhr Maximus leise fort.

»Es ist... wunderbar... für sie«, stammelte Paulina, bestürzt darüber, wie schwer es ihr fiel zu sprechen und wie quälend langsam ihr die Worte über die Lippen kamen.

»Ich bin ebenfalls sehr froh über diese Wendung, doch was wird aus Euch?« erkundigte er sich weiter.

Paulina war unbestimmt von der Ahnung erfüllt, daß er sie auch ohne Worte verstehen würde.

Maximus schien jedoch eine Antwort auf seine Frage zu erwarten, daher sagte sie schnell:

»Eure Familie war sehr freundlich zu mir. Aber da ich... nicht mehr gebraucht werde..., möchte ich gern... nach Altauss zurückkehren.«

»Habt Ihr schon mit meiner Schwester darüber gesprochen?«

»Als sie den Brief des Großfürsten gelesen hatte, in dem er ihr die Absicht mitteilt, nach Odessa überzusiedeln, habe ich den Vorschlag gemacht, ohne mich zu reisen. Aber Prinzessin Margarita war so angetan von der Aussicht, St. Petersburg nach der Hochzeit zu verlassen, daß sie mich und meine Frage nicht weiter beachtet hat.«

Nach einer langen Pause brach der Prinz das Schweigen:

»Ich würde Euch in jedem Fall verlieren, ob Ihr nun nach Altauss zurückkehrt oder meine Schwester nach Odessa begleitet.«

Paulina war so verblüfft von dem, was der Prinz gesagt hatte, daß sie ihn nur verwundert anschauen konnte, weil sie glaubte, sich verhört zu haben.

Ob der Prinz ihr mehr entgegenbrachte, als eine vertrauensvolle Freundschaft zu der Kammerzofe seiner Schwester? Sie wagte vor Aufregung kaum zu atmen, als er sie unverwandt fest ansah.

So blickten sie einander lange Zeit an, bis Maximus schließlich resignierend sagte:

»Du mußt doch meine Gefühle für dich gespürt haben, Paulina. Sag mir, was kann ich tun?«

In seiner Stimme schwang so viel Hoffnungslosigkeit und Verzweiflung mit, daß Paulina sich am liebsten an seine Brust geworfen hätte. Aber sie war vor Überraschung unfähig, sich zu rühren, und blieb am ganzen Körper zitternd vor ihm stehen.

»Ich habe dagegen angekämpft, seit ich dich zum erstenmal sah«, fuhr er fort. »Aber meine Gefühle für dich sind stärker als ich. Obwohl ich dir nicht hierher folgen wollte, wurde ich magisch angetrieben, und ich hatte nicht die Kraft, mich zu widersetzen.«

»O Maximus, ich verstehe dich. Aber bitte, sage jetzt nichts weiter«, hauchte Paulina mit kaum hörbarer Stimme.

»Warum nicht? Ich fürchte niemanden und nichts auf der Welt, außer dich zu verlieren oder zu kränken«, erwiderte der Prinz streitlustig.

»Du verletzt mich nicht. Aber du weißt, wir dürfen und können uns nicht wiedersehen.«

Ihre eigenen Worte trafen sie schmerzhaft wie tausend Messerstiche.

Vom ersten Augenblick an, als sie sich begegnet waren, hatte sie sich unwiderstehlich zu ihm hingezogen gefühlt, und ihr war jetzt, als habe er sie zärtlich gestreichelt, obwohl er sich nicht von der Stelle gerührt hatte.

»Ich liebe dich, Paulina, schon seit unserem ersten Zusammentreffen. Du bist ein so wundervolles Geschöpf, so schön, so jung und unschuldig«, gestand der Prinz mit einem tiefen Seufzer.

Das Geständnis seiner Liebe brachte Paulina zum Erbeben, sie schlug die Augen nieder, preßte ihre Hände ineinander, daß die Knöchel weiß hervortraten.

»Ich liebe dich, ich liebe dich. Ich schwöre dir bei allem, was mir heilig ist, daß ich bisher noch nie so für eine andere Frau empfunden habe.«

Obwohl ihr Herz bei seinen Worten vor glückseliger Freude hüpfte, konnte Paulina nicht umhin zu fragen:

»Ist das die Wahrheit?«

»Du weißt, daß ich die Wahrheit sage.«

Schweratmend fuhr er fort:

»Wir können unsere verborgensten Gedanken erraten, weil unsere Herzen einander so nah sind. Ich weiß jetzt, daß ich mein ganzes bisheriges Leben auf der Suche nach einer Frau wie dir war.«

Paulina hätte gern hinausgeschrien, daß auch er der Mann ihrer Träume war, stark und liebenswert, freundlich und verständnisvoll, aber ihre Stimme versagte vor Glücksgefühl. Die Worte wollten ihr nicht über die Lippen kommen. So schaute sie ihn nur an, und all ihre Liebe sprach aus diesem Blick.

»Ich soll zu meinem Regiment zurückkehren. Nur im Kampf mein Leben riskierend, kann ich versuchen, dich zu vergessen«, murmelte der Prinz nach einer geraumen Weile verzweifelt.

Paulina stieß darauf einen entsetzten Schrei aus.

»Du mußt... auf dich aufpassen... bitte... für mich. Wenn dir etwas... zustoßen sollte...«

Bei diesem verzweifelten Stoßseufzer schaute sie ihn ernst und traurig an.

»Wenn mir etwas zustoßen sollte? Was wäre dann?« fragte er resigniert.

Paulina schwieg, und er drängte:

»Bitte sag es mir, ich muß es wissen.«

Sie schwieg noch immer, und Maximus tat einen Schritt näher auf sie zu.

»Bitte sag es mir«, bat er beinahe flehend.

Sie blickte zu ihm auf, und es war, als ob alle Dämme des Widerstands in ihr brachen.

»Dann möchte... ich ebenfalls... nicht mehr leben«, flüsterte sie verzweifelt.

Prinz Maximus nahm sie in seine Arme und zog sie an sich, und Paulina ließ ihren Kopf an seine Brust sinken.

Eng umschlungen hielten sie sich fest, bis der Prinz hervorstieß, als ob er seinem Herzen Luft machen müsse:

»Ich liebe dich, oh, mein Gott, wie sehr ich dich liebe!«

Er blickte lange auf sie hinab, als wolle er die Schönheit ihres Antlitzes für alle Zeit seinem Gedächtnis einprägen. Dann zog er sie ungestüm noch enger an sich und preßte seine Lippen in einem leidenschaftlichen Kuß auf ihren Mund. Unsicher und zögernd erwiderte sie seinen Kuß, doch bald schon überließ sie sich willenlos ihren Gefühlen und legte all ihre Sehnsucht und Leidenschaftlichkeit hinein.

Sie war vom ersten Augenblick an in Liebe zu Maximus entbrannt, die von Stunde zu Stunde, ja von Minute zu Minute inniger und stärker wurde.

In diesen Minuten entfachte der Prinz ein Feuer der Leidenschaft in ihr, das sie selbst und alles um sie herum zu verzehren drohte. Die duftenden Blumen des Gartens, das Lied der Vögel und das Säuseln des Windes, der sanft in den Blättern der Bäume rauschte, alles sang das Lied ihrer Liebe.

Der Prinz hatte wie schützend seine Arme um sie geschlungen und hielt sie eng an sich gedrückt.

Paulina fühlte sich mit jeder Faser ihres Herzens von seiner Liebe durchdrungen und war bereit, ihm alles zu schenken, sich selbst, ihr Herz und ihre Seele.

Die Liebe hob sie in den Himmel empor, und sie waren nicht mehr Einzelwesen, sondern Teil der göttlichen Schöpfung...

Seine Lippen brannten wie die Glut der Sonne auf den ihren; sie stieß einen leisen Schrei des Glücks aus, löste sich von ihm und blickte tief in seine Augen.

»Mein wunderbarer, schöner, kleiner Engel. Ich liebe dich«, flüsterte er zärtlich.

»Ich liebe dich auch... aus meinem... ganzen Herzen«, bekannte sie glücklich.

»Oh, mein Gott, warum mußte das zwischen uns geschehen«, murmelte Maximus mit vor Verzweiflung halberstickter Stimme und zog Paulina wieder fester an sich.

Um ihn zu trösten, sagte Paulina liebevoll:

»Du bist ein so wunderbarer Mann, und wir haben nichts getan, was wir bereuen müßten.«

Während sie versuchte, ihm Trost zu geben, wurde ihr bewußt, welch schmerzlichen Verlust es für ihre Liebe bedeuten würde, wenn er sie verlassen mußte.

»Du gehörst zu mir, du bist mein! Es war Gottes Wille, daß wir einander begegnet sind und uns gefunden haben. Nichts, mein Liebstes, soll uns jemals wieder trennen können, weder Elend noch Leid, noch Reichtum und Luxus«, versprach der Prinz.

»Ist das wirklich alles wahr, oder träume ich?« flüsterte Paulina mit einem tiefen Seufzer. »Ich werde immer dankbar sein für deine Liebe. Ich weiß, daß kein anderer Mann mich je so lieben würde... wie du!«

»So etwas darfst du nicht sagen. Du wirst nach Altauss zurückgehen und dort einen lieben, vermögenden Mann heiraten, der dich vielleicht ebenso liebt wie ich.«

»Niemals, was immer geschieht, ich werde keinen anderen Mann heiraten. Wie könnte ich auch..., da ich dich, und nur dich, über alles liebe.«

»Meine süße liebe kleine Blume, du darfst keine solchen Gedanken haben. Denn du wirst mich nicht wiedersehen, wenn ich nach der Hochzeit Margaritas zu meinem Regiment zurückkehre, und du wirst mich vergessen müssen.«

»Und du..., wirst du mich auch... vergessen?« fragte Paulina mit Tränen in den Augen.

Die Verzweiflung verzerrte schmerzlich sein Gesicht.

»Ich werde versuchen müssen, dich zu vergessen..., aber es wird mir unmöglich sein!«

Sein Blick ruhte kummervoll auf ihr.

»Was hast du nur mit mir gemacht. Überall wohin ich blicke, erkenne ich dein reizendes Gesicht, höre deine liebliche Stimme. Und des Nachts liege ich wach und schaue zu den Sternen auf, denn sie erinnern mich an deine klaren wunderschönen Augen.«

»Ich werde auch zu ihnen aufblicken; und wir beide wissen, daß sie für uns unerreichbar sind.«

»Was soll ich tun, was kann ich nur tun?« fragte Maximus verzweifelt.

Während sie sich noch immer eng umschlungen hielten, fühlte Paulina, daß Prinz Maximus an das Schicksal der Französin Marie-Celeste dachte, die den Großfürsten so innig geliebt und viele Jahre seine Zuneigung besessen hatte.

Als hätte er diese Frage laut gestellt, sagte Paulina:

»Ich kann meinem Vater keinen Schmerz und keine Schande zufügen.«

»Glaubst du wirklich, ich könnte je so etwas von dir erwarten? Ich habe kein Recht, daran auch nur zu denken, denn es würde unsere Liebe zerstören.«

Und nach einer Weile bedrückenden Schweigens fügte er hinzu:

»Ich werde deinen Kuß, solange ich lebe, auf meinen Lippen fühlen. Es war das erstemal, daß du einen Mann geküßt hast, und ich gäbe meinen rechten Arm dafür, könnte ich der erste und letzte bleiben.«

»Nie soll mich ein... anderer Mann als du küssen«, hauchte Paulina.

»Du machst mich sehr glücklich, denn obwohl ich kein Recht habe, das zu erwarten, wünsche ich es mir über alles. Aber diese Wünsche sind sehr eigennützig und selbstsüchtig, und es ist nicht richtig von mir, dein Leben so zu beeinflussen. Da ich der Ältere bin, sollte ich mich besser in der Gewalt haben.«

Traurig fuhr Maximus fort:

»Wenn Margaritas Hochzeit nicht bevorstünde, wäre ich schon vor zwei Tagen abgereist, und um keinen Preis der Welt mit nach Peterskoje Selo gegangen.«

»Du darfst dich nicht so quälen, wenn ich auch genauso denke.«

»O meine Süße, du hast mich so in deinen Bann gezogen, daß

ich mich mit jeder Faser meines Herzens nach dir sehne.«

Mit einem Ausdruck tiefster Verzweiflung in seinen Augen zog er sie wieder an sich:

»Du bist mein ein und alles, nach dir habe ich mich in Sehnsucht verzehrt, nur für dich habe ich gelebt, jetzt und für alle Ewigkeit.«

Paulina schmiegte sich an ihn und flüsterte:

»Es kommt... mir alles... wie ein Traum vor.«

»Ich wünschte, es wäre ein Traum, dann wäre alles leichter – so haben wir uns gefunden und müssen uns wieder trennen, und jeder muß für sich allein weiterleben.«

Zärtlich liebkoste er mit seinen Lippen ihre Stirn und ihr duftiges Haar.

»Etwas in meinem Herzen hat mir immer gesagt, daß ein Mann, wenn das Schicksal es gut mit ihm meint, einmal die andere Hälfte seines Selbst findet. Doch der Zyniker in mir war überzeugt, daß mir ein derart glückliches Los nicht beschieden sein würde.«

Er küßte sie abermals sanft und fuhr dann zärtlich fort:

»Du bist der andere Teil von mir, das habe ich vom ersten Augenblick an gefühlt. Du vereinigst alles in dir, was ich bei einer Frau suche: Zärtlichkeit, Hingabe, Feinfühligkeit, Treue, einfach alles.«

»Und ich befürchtete schon, du hättest mich nicht einmal bemerkt – wegen Prinzessin Natascha.«

Er lachte, doch es war ihm ernst mit dem, was er darauf antwortete:

»Das hat nichts zu bedeuten. Es hat immer ›Nataschas‹ in meinem Leben gegeben. Sie sind nicht mehr als ein schönes Vergnügen, um die Bedürfnisse des Körpers zu befriedigen.«

Er legte ihr die Hand unter das Kinn, und er beugte sein Gesicht zu dem ihren hinunter. Sein Gesichtsausdruck veränderte sich, als er leise sagte:

»Oh, meine Liebste, deine Liebe bewirkt, daß sich mein Geist und meine Seele in ungeahnte Höhen aufschwingen, von denen aus ich neue Horizonte erschaue, hinter denen das Paradies sich erstreckt.«

Prinz Maximus sprach die Worte mit so feierlichem Ernst aus, daß Paulina von einer Ehrfurcht und Andacht ergriffen wurde, wie sie diese bisher nur vom Empfang der Sakramente in der Kirche kannte.

»Das war immer mein Wunsch, und ich habe um dieses Glück gebetet, dem Mann, den ich liebe, so viel zu bedeuten und geben zu können«, antwortete Paulina aus überglücklichem Herzen.

»Du bedeutest mir mehr als mein Leben, doch jetzt muß ich dich verlassen, mein Liebling. Aber vor der Hochzeit von Margarita muß ich dich noch einmal sehen, denn es wird das letztemal sein.«

Aus seiner Stimme sprachen Schmerz und Verzweiflung einer unerfüllbaren Liebe.

Paulina entrang sich ein verzweifelter Schrei, der all ihre Angst und Pein ausdrückte.

»Ich ertrage es nicht..., ich bin nicht so stark wie du... Ich will immer bei dir sein..., mit dir leben..., dich sehen und hören... und dich lieben.«

»Meine Gedanken werden immer nur bei dir sein, ich werde von dir träumen, und wo immer ich mich auch aufhalte – ich werde deine Nähe spüren. Ich kann dich nicht wirklich verlassen, denn wir zwei sind unzertrennlich«, versuchte Maximus sie zu trösten.

Er schmiegte seine Wange an ihre und drückte sie seufzend an sich.

»Liebster, du hast mir aus dem Herzen gesprochen. Meine Gebete werden dich überallhin begleiten und mir Trost in meiner Einsamkeit spenden; allein und einsam, weil du nicht bei mir bist.«

»Seit wir uns begegnet sind und du mir deine Liebe geschenkt hast, bin ich ein anderer, besserer Mensch geworden. Wenn wir auch in diesem Leben für immer getrennt werden mögen, eines Tages, vielleicht in tausend Jahren, werden wir wieder vereint sein.«

Maximus schwieg traurig und hielt sie eng umschlungen in seinen Armen. Dann blickte er ihr wieder tief in die Augen und schwor ihr noch einmal:

»Du bist für immer mein. Eher fallen die Sterne vom Himmel, und die Flüsse und Ströme trocknen aus, als daß ich von dir lasse.«

Sanft und zärtlich näherten sich seine Lippen ihrem Mund in einem langen besiegelnden Kuß. Es war ein Abschiedskuß, ohne Leidenschaft, ein Kuß der Achtung und Ehrerbietung; ein Kuß wie ein Versprechen, daß sie nie voneinander getrennt werden könnten.

Paulina erwiderte diesen Kuß mit den gleichen Empfindungen, die sie und ihn durchfluteten wie die Strahlen der Sonne, die ihre Körper umschmeichelten.

Trotz des Abschiedsschmerzes überglücklich, hob Maximus sie hoch und wirbelte sie durch die Luft.

Unvermittelt stellte er sie wieder auf den Boden und löste sich von ihr, bevor sie ihn bitten konnte, noch ein Weilchen zu bleiben.

Als sie ihn mit schnellen Schritten hinter den mannshohen, blühenden Sträuchern davoneilen sah, stand sie ungläubig wie zur Salzsäule erstarrt da. Sie konnte nicht fassen, daß er gegangen war, und die Worte erstarben ihr auf den Lippen, mit denen sie ihn zurückrufen wollte.

Als sie schließlich begriffen hatte, daß Maximus endgültig gegangen war, sank sie halb ohnmächtig ins hohe Gras und überließ sich haltlos ihren Tränen des Schmerzes.

Die Verzückung und Glückseligkeit, die er in ihr geweckt hatte, lagen im Widerstreit mit der Klarheit ihres Verstandes, der sie zwang, der Wahrheit ins Gesicht zu blicken, und diese Wahrheit war, daß ihre grenzenlose Liebe ohne Erfüllung ein jähes Ende gefunden hatte.

Langsam rannen die Tränen über ihr Gesicht, und mit jeder vergossenen Träne verlor sie einen Tropfen ihres Herzbluts.

Paulina fühlte sich um Jahre älter und erfahrener, als sie schließlich zurückging und durch einen Seiteneingang mit gesenktem Kopf ihre Gemächer aufsuchte.

Zum erstenmal seit ihrer Ankunft in Peterskoje Selo konnte sie sich nicht an den vielen wertvollen Gemälden erfreuen, die von Katharina der Großen aus ganz Europa zusammengetragen worden waren. Sie sah nicht die kostbaren Teppiche und Brücken aus Persien und Samarkand, über die sie jetzt traurig ihre Füße setzte, und nahm auch sonst nichts von ihrer Umgebung wahr. Sie ging wie im Nebel, den kein Licht erhellte, durch die Düsternis ihrer Verzweiflung.

Als sie zu der Suite von Prinzessin Margarita kam, hörte sie laute Stimmen und fröhliches Gelächter, und sie erkannte die drei Schwestern des Großfürsten, die Margarita Gesellschaft leisteten. Paulina hoffte, daß niemand ihre Abwesenheit bemerkt hatte.

Als sie ihr eigenes Schlafgemach betrat, fand sie ihre persönlichen Sachen bereits fertig verpackt für die Abreise nach St. Petersburg am nächsten Tag vor. Bis auf ihre Garderobe für den Abend und das festliche Kleid für die morgige Trauung war von der Dienerschaft schon alles eingepackt worden.

Neben den kostbaren Roben der Zarin und der anderen Hofdamen würde sich ihr Kleid sehr bescheiden ausnehmen. Doch das leuchtende Blau unterstrich vorteilhaft ihre Augenfarbe und kleidete sie ausgesprochen gut. Sie hoffte sehr, Maximus darin zu gefallen, doch sie zwang sich, diese Gedanken aus ihrem Bewußtsein zu verbannen.

Die Vorstellung, ihn nach der Trauung Margaritas mit dem Großfürsten Alexander nie wiederzusehen, schmetterte sie nieder. Ihre Kräfte drohten sie zu verlassen, und sie sank ermattet auf ihr Bett nieder.

»Wie soll ich das nur ertragen«, weinte sie verzweifelt, wohl wissend, daß ihr keine andere Wahl blieb. »Ich muß zurück nach Hause, das geht über meine Kräfte.« Wankend erhob sie sich, ging zu ihrem Schreibtisch am Fenster hinüber, in der Absicht, ihrem Vater einen Brief zu schreiben und ihn zu bitten, sich für ihre Rückkehr nach Hause beim Zaren einzusetzen.

Aber der Weg nach Altauss war weit, und es würde geraume Zeit ins Land gehen, bis sie eine Antwort erwarten konnte. Ihr blieb nichts anderes übrig, als in Odessa auf seine Nachricht zu warten.

Paulina begann nach Ausflüchten zu suchen, um das Brautpaar nicht nach Odessa begleiten zu müssen.

Andererseits war die Reise nach Hause lang und beschwerlich – ob zur See oder über Land –, und ihr wurde angst bei dem Gedanken, sie allein unternehmen zu müssen.

»Allein... ganz allein«, murmelte sie und brach wieder in Schluchzen aus.

Ohne Maximus fühlte Paulina sich allein und einsam auf der Welt. Die vielen Menschen um sie herum waren ihr fremd und vertieften eher noch das Gefühl der Isolierung und Einsamkeit. Ohne seine Nähe empfand sie sich als leere leblose Hülse, denn ihr Herz, ihre Seele, ihr ganzes Sein weilten bei ihm.

Das Leben mußte zwar weitergehen, aber ohne ihn konnte es nur schal und fade sein. Paulina sah sich wie ein Gespenst umherwandeln, denn ihr eigentliches Sein und ihr Selbst würden immer bei dem Mann sein, den sie über alles liebte.

»Auf diese tiefe innige Liebe habe ich gehofft und um sie in meinen Gebeten gefleht, aber jetzt, da ich sie gefunden habe, bereitet sie mir nur Schmerzen«, seufzte sie unglücklich.

Paulina wußte nicht, wie lange sie halb ohnmächtig an ihrem Schreibtisch gesessen hatte. Sie raffte sich auf, machte sich frisch und zwang sich, Prinzessin Margarita in ihrer Suite aufzusuchen.

Sie ruhte in einem reizvollen Negligé auf einem Sofa, umringt von den Schwestern des Großfürsten, die eifrig damit beschäftigt waren, die Hochzeitsgeschenke auszupacken, die soeben durch Boten aus St. Petersburg eingetroffen waren.

»Oh, wieder köstliches Zuckerwerk, du kannst bald einen ganzen Hof damit pflastern, wenn du noch mehr davon bekommst.«

Alle brachen in fröhliches Gelächter aus. Die Prinzessin blickte auf und bemerkte Paulina in der Türöffnung.

»Ich habe mich schon gefragt, wo du steckst, liebste Paulina. Komm näher und sieh dir den Schmuck an, den ich geschenkt bekommen habe. Von der Zarin eine wunderschöne Perlenkette, die mir vom Hals bis zu den Knien herabreicht.«

Die Perlen waren in der Tat von erlesener Schönheit und Kostbarkeit, aber andererseits zu schwer und zu erdrückend für eine so zarte junge Frau wie Prinzessin Margarita.

Paulina fiel es schwer, die vielen Geschenke angemessen zu bestaunen, wie man es von ihr erwartete.

Doch niemandem fiel ihr verändertes Verhalten auf.

Erst als es Zeit wurde, sich zum Essen umzuziehen, wagte Paulina zu fragen, ob auch Prinz Maximus daran teilnehmen würde. Sie hatte Angst davor, ihm vielleicht bei Tisch gegenüberzusitzen und ihre Gefühle zu verraten.

Ihre Besorgnis erwies sich jedoch als unbegründet, denn als sie an der kleinen Tafel Platz nahmen – die meisten der älteren Gäste waren schon nach St. Petersburg aufgebrochen – konnte sie den Prinzen nicht unter der Tischgesellschaft entdecken.

Der Zar plauderte in bester Stimmung mit seinen Gästen über die bevorstehende Hochzeit, die er bis ins kleinste Detail – sogar die Gebete und die begleitende Musik waren von ihm ausgewählt worden – arrangiert hatte.

Paulina kannte die Devise des Zaren, nichts dem Zufall zu überlassen und jede Einzelheit vorauszuplanen, und äußerte sich entsprechend gegenüber einem älteren Politiker an ihrer Seite.

»Nur der Zar versteht es, in jeder Situation des Lebens so vorausschauend zu planen und dieses riesige Land zu regieren. Wenn zum Beispiel in St. Petersburg Feueralarm gegeben wird, eilt er selbst an den Brandherd und leitet die Löscharbeiten«, erwiderte dieser darauf lachend.

Paulina zwang sich zu einem Lächeln, das der ältere Herr auf seinen Scherz von ihr zu erwarten schien.

Nach Beendigung der Abendmahlzeit machten die Zarin und die anderen Damen Konversation mit Prinzessin Margarita, bis schließlich die Zarin zu ihr sagte:

»Du solltest heute früh zu Bett gehen, mein liebes Kind, um den Schönheitsschlaf so lange wie möglich zu pflegen. Morgen liegt ein langer und anstrengender Tag vor uns, und ich möchte, daß du schön bist für unseren liebenswerten Alexander.«

»Das möchte ich auch«, antwortete Margarita artig.

»Du wirst die schönste und lieblichste Braut sein, die Rußland seit langem gesehen hat. Und laß dich überraschen, was in St. Petersburg für dich alles arrangiert worden ist«, rief die Zarin enthusiastisch aus.

»O bitte, ich bin so neugierig, verratet es mir«, bat Margarita.

Doch die Zarin schüttelte verneinend den Kopf.

»Da es für uns alle eine Überraschung sein wird, behält der Zar das Geheimnis bis zum letzten Augenblick für sich.«

»Ja, so ist es«, warf der Zar ein, der das Gespräch mitangehört hatte, »euer Hochzeitstag soll ein Ereignis werden, an das ihr euch zeitlebens erinnern werdet.«

»Dessen bin ich sicher, Sire«, antwortete Prinzessin Margarita ehrerbietig. Dann wünschte sie allen eine ›Gute Nacht‹ und zog sich mit Paulina in ihre Suite zurück.

Während die Dienerin ihr beim Auskleiden behilflich war, schwatzte sie aufgeregt über die bevorstehende Trauung.

»Wie konnte ich nur jemals fürchten, daß es ein Unglück für mich sei, nach Rußland zu gehen. Alles ist so aufregend, und wenn ich erst mit Alexander verheiratet bin, werde ich wie im Paradies auf Erden leben«, schwärmte sie, als sie mit Paulina endlich allein war.

»Das wirst du ganz sicher«, antwortete Paulina und versuchte, den Gedanken zu verscheuchen, daß es ihr genauso erginge, wenn Prinz Maximus sie heiraten könnte.

Ihre Stimme klang ihr selbst fremd in den Ohren, was auch der Prinzessin nicht entgangen war, daher sagte sie tröstend:

»Wenn wir erst in Odessa leben und ich etwas mehr Zeit für mich finden werde, suche ich einen genauso liebenswerten und guten Mann als Ehemann für dich aus, obwohl ich bezweifle, daß es einen solchen Mann noch ein zweites Mal gibt.« Und lachend fuhr sie fort:

»Ich werde bestimmt einen reizenden Mann für dich finden, weil ich so glücklich bin und dich ebenfalls glücklich sehen möchte.«

Paulina konnte und wollte nicht darüber sprechen, daß nur ein Mann für sie existierte, der sie glücklich machen könnte, und es daher vergebliche Liebesmüh sein würde, nach einem anderen Mann als Ehemann für sie Ausschau zu halten.

Sie schwatzten und plauderten noch mehr als eine Stunde miteinander, dann wünschte Paulina der Prinzessin eine ›Gute Nacht‹ und zog sich in ihr eigenes Schlafzimmer zurück. Sie kleidete sich aus und warf sich ihr Nachthemd über, aber statt ins Bett zu gehen, beschloß sie, den Brief an ihren Vater zu beenden. Sie mußte ihm einfach mitteilen, wie lebenswichtig es für sie war, nach Hause zurückzukehren.

Dort würde sie vielleicht ihre Ruhe finden und nicht fortwährend so an ihr Unglück erinnert werden.

Sie ließ sich hinter dem französischen Schreibtisch nieder und begann in ihrer akkuraten Handschrift zu schreiben.

Paulina ließ in ihrem Brief äußerste Vorsicht walten, denn sie war sicher, daß jeder Brief vom Geheimdienst kontrolliert und zensiert wurde, bevor er den Palast verlassen durfte.

So schrieb sie nur von ihrem Heimweh, das sie quälte und sie deshalb nach Hause zurückkehren möchte. Von den näheren Umständen werde sie bei ihrem Wiedersehen berichten. Paulina vertraute auf die Fähigkeit ihres Vaters, zwischen den Zeilen zu lesen und zu erkennen, wie gefährlich und deshalb schwierig es für sie war, ihm die wirklichen Gründe mitzuteilen. Sie hoffte auf die diplomatischen Verbindungen ihres Vaters, um ihr die Rückkehr nach Hause zu ermöglichen.

»Ich habe Sehnsucht nach dir, lieber Vater, ich brauche dich, und nur du kannst verstehen, wie sehnlich ich wünsche, sofort nach Hause zu kommen«, schrieb sie und unterstrich das Wort *sofort*, um ihrem Vater einen Hinweis zu geben.

Dann setzte sie ihren Namen darunter, faltete den Brief zusammen und steckte ihn in ein Kuvert, um ihn an die Anschrift ihres Vaters in Wildenstadt zu adressieren. Paulina beschloß, den Brief erst in St. Petersburg aufzugeben, da sie sich von dort eine schnellere Beförderung versprach als von Peterskoje Selo aus. Wenn sie den Brief in Petersburg einem Kurier übergab, um ihn der englischen Gesandtschaft zu überbringen, würde er unzensiert mit der übrigen Post der Gesandtschaft befördert werden.

Einen Augenblick lang zweifelte sie, ob sie den Brief nicht doch deutlicher verfassen sollte, schob den Gedanken jedoch wieder als zu gefährlich beiseite, denn ihre Furcht vor dem Zaren, sollte er davon erfahren, war zu groß.

»Ich lasse den Brief, wie er ist«, entschied sie und legte ihn in eine Schublade des Schreibtisches, um ihn am nächsten Morgen mitzunehmen.

Gerade als sie zu Bett gehen wollte, verspürte sie den Wunsch, vom Fenster noch einen Blick in den nächtlichen Garten zu werfen.

Da es höchst unwahrscheinlich war, daß ihr Schicksal sie nochmals nach Peterskoje Selo führen würde, wollte sie sich den Ort, wo sie und Prinz Maximus sich ihre Liebe eingestanden hatten, für immer ihrer Erinnerung einprägen.

Sie fühlte geradezu seinen Kuß auf ihren Lippen, und die Erregung, die sie dabei empfunden hatte, durchflutete wiederum ihren Körper und ergriff von ihrem ganzen Wesen Besitz, als stünde Maximus ihr gegenüber und halte sie in seinen Armen.

Sie schloß die Augen und glaubte seine Liebesschwüre zu hören:

»Ich liebe dich... ich liebe dich über alles.«

Als ihre Lippen dieselben Worte formen wollten, ließ ein leises Geräusch sie zusammenschrecken. Sie wandte sich um und sah Maximus in ihrem Schlafgemach, das er durch eine Geheimtür betreten hatte, leibhaftig vor ihr stehen.

6

Nachdem Maximus Paulina verlassen hatte, war er zu den Ställen gegangen und ließ sich ein Pferd satteln. Er bat einen der uniformierten Adjutanten, dem Zaren ausrichten zu lassen, daß er ausgeritten sei und nicht zum Essen zurück sei, und ihn bitte, seine Abwesenheit gütigst zu entschuldigen.

Er schwang sich in den Sattel des feurigen, noch nicht endgültig zugerittenen Pferdes und hoffte, durch einen ausgedehnten Ritt in der freien Natur Klarheit in seine Gedanken zu bringen.

Er trieb das Pferd zu gestrecktem Galopp an, bis diesem der Schaum vor dem Maul stand und auch er selbst ganz außer Atem war.

Aber als er in langsamerer Gangart dahintrabte, brachen seine verwirrten Gedanken erneut wie eine Flutwelle über ihn herein.

Nie hatte er sich vorstellen können, von so heftiger und inniger Liebe zu einer Frau ergriffen zu werden, wie er sie für Paulina empfand, einer Liebe – leidenschaftlich und verzehrend –, die einem Mann nur einmal in seinem Leben begegnete.

Schon einigen Frauen war er in seinem Leben herzlich zugetan gewesen, aber keine von ihnen hatte er wirklich geliebt.

Sie ähnelten Prinzessin Natascha und hatten in ihm ein körperliches Verlangen zu entfachen vermocht, aber nicht die Liebe, wie er sie tief in seinem Herzen ersehnte; noch glichen sie dem Bild der idealen Frau, das er sich unbewußt gemacht hatte, und der er sich mit seinem ganzen Selbst, seinem Herzen und seiner Seele hingeben wollte.

Im Laufe der Zeit war er zu der Überzeugung gelangt, dem unerreichbaren Idealbild einer Frau nachzujagen, dem er in dieser Welt doch nie begegnen würde.

Dann traf er Paulina, und als er ihr zum erstenmal gegenüberstand, hatte ihn die Erkenntnis, am Ziel seines Suchens angelangt zu sein, wie ein Blitz aus heiterem Himmel getroffen.

Prinz Maximus hielt die Zügel locker – das Pferd fand den Weg allein – und tief in Gedanken versunken, ohne einen Blick für die Schönheit der Natur, die ihn umgab. Er sah nur den Ausdruck auf Paulinas Gesicht vor sich, als sie sich küßten; er schmeckte noch die Süße ihrer Lippen, wie er sie nie zuvor in seinem Leben gekostet hatte.

Alles, was ihm eine Frau bisher geschenkt hatte – er wußte es erst jetzt –, war nur die Befriedigung der Sinne und nur der Schatten der wahrhaften Liebe.

Die Liebe, die er für Paulina empfand und die auch sie ihm entgegenbrachte, erschien ihm als das größte Geschenk Gottes an die Menschen, wenn er auch keine Erfüllung ihrer hoffnungslosen Liebe sah. Ihm erschien als einziger Ausweg, um Paulina zu vergessen, sein Leben im Kampf aufs Spiel zu setzen.

Wäre Paulina nur eine der vielen Frauen gewesen, die bisher in sein Leben getreten waren, er hätte mit ihr gespielt, sie verführt und sich leichthin wieder von ihr getrennt, sobald er ihrer überdrüssig geworden wäre.

»Ich liebe sie, und ich muß stark genug sein, für ihr Glück zu beten, auch wenn ich daran keinen Anteil haben kann«, schrie er sich seine Qual aus dem Herzen.

Und über etwas anderes wurde er sich noch klar, nie mehr würde er einer Frau so unbefangen und unbeteiligt begegnen können wie in der Vergangenheit.

Als die Dunkelheit einbrach, wurde ihm bewußt, daß die Zeit schon weit fortgeschritten war. Er zügelte sein Pferd und lenkte es zurück.

In Gedanken hatte er mit seinem Leben und seinem Schicksal abgeschlossen, er sah keine Möglichkeit, etwas zu tun. Das Schicksal hatte ihn einen Hauch von Glückseligkeit kosten lassen und ihm dann wieder alles genommen.

Erschöpft übergab er einem Stallburschen sein Pferd und schritt auf den Haupteingang zu, als ihm ein Diener entgegeneilte und meldete:

»Seine Kaiserliche Majestät wünscht Euch zu sprechen.«

»Jetzt gleich?« fragte Prinz Maximus.

»Sofort, mit Verlaub, hat Ihre Kaiserliche Majestät befohlen.«

Maximus warf einen Blick auf die kostbare Standuhr in der Eingangshalle und sah, daß es schon spät war. Das Nachtmahl mußte längst vorüber sein.

»Wo befindet sich Seine Kaiserliche Majestät?«

»In der Bibliothek werdet Ihr erwartet.«

Der Diener ging ihm voran, und Maximus folgte mit einem Gefühl des äußersten Unbehagens. Nichts kam ihm im Augenblick ungelegener als ein Disput, worüber auch immer, mit dem Zaren.

Erschöpft und verschwitzt von dem langen Ritt hätte er sich gern frischgemacht und umgezogen, aber er wußte, daß der Order ›Unverzüglich nach der Rückkehr‹ umgehend Folge zu leisten war, wenn er nicht das Mißfallen des Zaren erregen wollte.

Sporenklirrend folgte er dem vorausgehenden Diener zur Bibliothek des Zaren. Der Diener öffnete ihm die Tür und meldete:

»Prinz Maximus von Altauss, Eure Kaiserliche Majestät.«

Der Zar saß halb verdeckt von einem hohen Stapel Papiere hinter seinem Schreibtisch. Bei Maximus' Eintritt blickte er auf und lächelte ihm entgegen.

»Du bist zurück, Maximus? Was war der Grund für deinen langen Ausritt?«

»Ich wollte das Sattel- und Zaumzeug noch einmal erproben, bevor ich in den Kaukasus zurückkehre«, gab der Prinz zur Antwort.

Er hatte sich auf dem Weg hierher vorgenommen, dem Zaren seine Absicht mitzuteilen, sich unmittelbar nach der Trauung seiner Schwester auf den Weg zurück zu seinem Regiment zu begeben.

Doch bevor er dem Zaren seinen Entschluß vortragen konnte, forderte dieser ihn auf:

»Nimm Platz, Maximus, ich möchte mit dir sprechen.«

Er ließ sich auf einen Stuhl dem Schreibtisch gegenüber nieder und wartete auf die Mitteilung des Zaren.

Dieser blickte eine Weile angestrengt auf den Stapel Papiere vor sich nieder, bevor er wieder das Wort ergriff:

»Ich habe hier vor mir einen Bericht, der in höchsten Tönen des Lobes und der Anerkennung von deinem Kampfesmut und Einsatz berichtet und von deinem Anteil, die Kämpfe im Kaukasus mit Schamil zu einer Entscheidung zu bringen.«

Prinz Maximus hob überrascht den Kopf, doch der Zar ließ ihm keine Zeit, darauf etwas zu erwidern, sondern fuhr fort:

»Deine militärischen Leistungen verdienen höhere Auszeichnungen als den St. Georg-Orden, der dir schon verliehen worden ist. Ich gedenke, dich auf eine besondere, ganz persönliche Art zu ehren und auszuzeichnen.«

»Ihr seid zu gütig, Sire«, antwortete Prinz Maximus leise und konnte nicht umhin, zu denken, wieviel mehr ihm eine derartige Auszeichnung noch vor einem Monat bedeutet hätte, als jetzt in diesem Augenblick.

Jetzt fühlte er sich kalt, leer und empfindungslos, nur bestimmt von dem Wissen, Paulina zu verlieren.

»Meine Pläne, Maximus, werden nicht nur dich freuen, sondern deinen Vater nicht minder.«

Der Zar schwieg, doch ganz offensichtlich, um die Spannung zu erhöhen.

»Ich habe beschlossen, dir die Ehre zuteil werden zu lassen, dich in die Kaiserliche Familie aufzunehmen und dir meine Nichte, die Großfürstin Katharina, zur Gemahlin zu geben.«

Wenn der Zar eine Pistole auf den Prinzen abgefeuert hätte oder eine Kanonenkugel im Hof eingeschlagen wäre, der Schreck und die Überraschung wären für Prinz Maximus nicht größer gewesen.

Einen Herzschlag lang glaubte er, den Zaren nicht richtig verstanden zu haben, und starrte ihn fassungslos an.

»Das überrascht dich wohl?« lachte der Zar, »das dachte ich mir. Ich wünschte, meine eigenen männlichen Verwandten hätten mehr von deinem Mut und deinen Fähigkeiten.«

Noch immer sprachlos schwieg der Prinz, und der Zar ergriff wieder das Wort:

»Katharina wird dir eine gute Frau sein. Ich habe vor, die Einzelheiten der Hochzeit morgen, nach der Trauung deiner Schwester, zu besprechen. Sie sollte nicht auf die lange Bank geschoben werden.«

Als der Zar geendet hatte, erhob er sich unvermittelt hinter seinem Schreibtisch als Zeichen, daß die Unterredung beendet war.

Verwirrt und keines klaren Gedankens fähig, stand der Prinz schwankend auf.

»Ich muß ... erst begreifen ..., was Ihr gesagt habt, Sire«, stammelte er.

Der Zar jedoch beachtete ihn nicht mehr, für ihn war damit die Angelegenheit vorerst erledigt. Er nahm die Glocke auf seinem Schreibtisch zur Hand und läutete.

Sofort wurde die Tür geöffnet.

»Schick nach Graf Benckendorff«, befahl er dem eintretenden Diener.

Als Prinz Maximus mit unsicheren Schritten traumwandlerisch zur Tür hinausging, begegnete ihm Graf Benckendorff von der Dritten Sektion der Geheimpolizei.

Ohne jede Empfindung und wie betäubt suchte Maximus seine eigenen Räumlichkeiten auf.

Erst als sein Diener ihm beim Auskleiden behilflich war, wurde ihm ganz allmählich bewußt, in welcher Zwangslage er sich befand, aus der es für ihn kein Entrinnen gab.

Obwohl er kein russischer Untertan des Zaren war, mußte er als Offizier der kaiserlichen russischen Armee den Befehlen des Zaren unbedingten Gehorsam leisten.

Eine Starrheit und Dumpfheit überfiel ihn, als höre sein Herz auf zu schlagen. Jede Faser seines Herzens und seines Körpers sehnte sich nach Paulina – und nun sollte er die Großfürstin Katharina heiraten, ohne Rücksicht auf seine persönlichen Gefühle. Wie ein Leibeigener mußte er den Wünschen eines tyrannischen Herrn willfahren.

In seinem Leben als Soldat hatte er schon manche lebensgefährliche Situation glücklich überstanden. Die Truppen im Kaukasus glaubten, eine gütige Hand des Schicksals wache über seinem Leben, nur Schamil vergleichbar, dem es auch immer wieder gelang, seine Haut heil aus den ausweglosesten Situationen zu retten.

»Ich werde sie nicht heiraten«, redete er laut vor sich hin.

Das Los, welches ihn dann erwartete, konnte nicht schwerer sein, als die Frau für immer zu verlieren, die sein Leben bedeutete.

Die Abendgarderobe war wie immer von seinem Diener auf dem Bett bereitgelegt. Prinz Maximus fegte sie beiseite und legte seine Ausgehuniform an, wütend die Ordensschleife auf der linken Brustseite anstarrend.

»Alle anderen Sachen sind schon eingepackt«, informierte ihn sein Diener, während er den Uniformrock zuknöpfte.

»Alle?«

»Ja, alle, mit Ausnahme der Galauniform, die Ihr während der

Trauung Eurer Schwester tragen wollt.«

»Pack sie ebenfalls ein. Ich reise noch heute abend ab nach St. Petersburg.«

»Sehr wohl.«

»Warte hier. Ich habe später noch weitere Befehle.«

Damit wandte er sich zur Tür und verließ den Raum.

Paulina starrte Prinz Maximus verstört an.

»Weshalb... bist du... hier? Ist etwas geschehen?« rief sie mit ängstlicher Stimme aus, die den Ausdruck der Furcht in ihren Augen noch verstärkte.

Er schloß die Geheimtür hinter sich, durch die er das Zimmer betreten hatte, und ging auf Paulina zu.

»Verzeih mir, Liebling, wenn ich dich erschreckt habe. Ich muß dich etwas fragen, das wichtiger für mich ist als alles auf der Welt.«

»Jetzt... in diesem Augenblick?« wunderte sich Paulina.

Sie blickte verstohlen um sich, als wolle sie irgendwo einen heimlichen Lauscher ausfindig machen.

»Wir dürfen keine Zeit verlieren, alles, was wir jetzt miteinander besprechen, muß unter uns bleiben«, flüsterte er auf englisch, durch Paulinas Vorsicht gewarnt, und machte ein paar Schritte auf sie zu, bevor sie antworten konnte.

Doch Paulina war ohnehin unfähig zu reagieren, aus Furcht vor Entdeckung einerseits und aus Freude über sein unerwartetes Erscheinen andererseits.

»Paulina, willst du meine Frau werden?« fragte Prinz Maximus mit leiser tiefer Stimme in das Schweigen hinein.

»Deine... Frau werden?« fragte sie ratlos und starrte ihn entgeistert und verständnislos an.

Prinz Maximus legte seine Arme um Paulina und zog sie an sich. In der ekstatischen Verwirrung ihrer Gefühle versuchte sie, die Bedeutung seiner Frage zu begreifen.

»Ich liebe dich, wie du mich liebst. Ist unsere Liebe stark genug, großen Gefahren standzuhalten, die uns ins Exil treiben könnten oder vielleicht sogar in den Tod?« fragte er ernst, und der Klang seiner Stimme ließ Paulina erzittern.

»Ich... begreife... nicht«, flüsterte sie tonlos.

»Wie könntest du auch; ich will versuchen, dir alles zu erklären. Diese Frage würde ich nie an dich gestellt haben, wenn ich nicht glaubte, dich trotz allem, was uns widerfahren mag, glücklich zu machen.«

»Auch ich liebe dich und werde alles tun, was du von mir verlangst. Aber wie kann es möglich sein, daß wir heiraten?« fragte Paulina zweifelnd und blickte ihrem Geliebten verzagt in die Augen.

»Du wirst meine Frau werden, denn wir sind füreinander bestimmt, wir gehören zusammen, doch viele Schwierigkeiten und Gefahren liegen noch vor uns.«

»Um deine Frau zu werden, schreckt mich nichts«, antwortete sie ihm mit strahlendem Lächeln.

»Ich bete dich an«, flüsterte er glücklich.

Dann, als müsse er sich selbst zur Vernunft mahnen, richtete er sich auf und sagte:

»Stell dir vor, der Zar hat mir soeben mitgeteilt, daß er beschlossen hat, mich mit seiner Nichte, der Großfürstin Katharina, zu verheiraten.«

Paulinas Lippen öffneten sich zu einem Schrei. Schnell fuhr daher Maximus fort:

»Ich weiß es jetzt ganz sicher und habe es immer gefühlt, nie soll eine andere Frau an deine Stelle treten. Ich werde um dich kämpfen, und sollte es mich das Leben kosten.«

»Was meinst du damit, dein Leben kosten?« stammelte Paulina schreckensbleich.

»Ich würde hundertmal mein Leben aufs Spiel setzen für dich, und ich werde kämpfen und siegen oder untergehen.«

Oh, mein Gott, nein!« rief Paulina, einer Ohnmacht nahe, aus.

»Wie konnte ich nur glauben, dich verlassen zu können, um

ohne dich weiterzuleben«, wiederholte Maximus seine Liebesbeteuerungen.

»Aber... wie sollen wir... zusammenleben können?« fragte sie schüchtern.

»Darüber gerade will ich mit dir sprechen. Wir fliehen zusammen, noch heute nacht!«

»Fliehen? Wie denn?«

»Ich habe schon alles vorbereitet. Wenn du wirklich bereit bist, meine Frau zu werden – denn das ist das einzige, worum zu kämpfen es sich lohnt –, werde ich in diesem Kampf der Sieger sein.«

Paulina sank ihm in die Arme, bereit, ihm überallhin zu folgen und jede damit verbundene Gefahr auf sich zu nehmen. Sie fühlte sich als Teil seines Selbst und ganz ihm zugehörig.

Prinz Maximus verstand ihr wortloses Einverständnis und erläuterte ihr seinen Plan:

»Wir fahren noch heute nacht mit einer schnellen Kutsche nach St. Petersburg. Dort nehmen wir den Zug und fahren quer durch Rußland und Polen nach Altauss.«

»Werden sie uns... nicht verfolgen..., einholen?«

»Wir haben einen ausreichenden Zeitvorsprung, weil niemand etwas von unserer Flucht ahnt«, beruhigte sie Maximus.

»Aber unsere Flucht wird doch bemerkt werden?«

»Natürlich«, antwortete er.

Und beide meinten den Zaren, der nichts mehr haßte, als wenn sich jemand seinen Befehlen widersetzte, ganz gleich wer. Paulina befiel mit Entsetzen die Erkenntnis, daß Prinz Maximus sich nicht nur weigerte, die Nichte des Zaren zu heiraten, sondern auch noch Fahnenflucht aus der kaiserlichen russischen Armee beging.

»Das darfst du nicht tun. Auf Fahnenflucht steht die Todesstrafe«, rief sie mit tränenerstickter Stimme aus.

»Dazu wird es nicht kommen, wenn wir geschickt und klug vorgehen«, versuchte er sie zu beruhigen.

»Ich kann nicht zulassen, daß du... dich dieser Gefahr aussetzt... für mich.«

»Bitte, Liebes, beruhige dich, unsere Liebe ist das einzige, was zählt.«

»Außerdem – was ist, wenn unsere Heirat vielleicht auch in Altauss nicht akzeptiert wird, da ich keine Adlige bin«, wandte Paulina ein.

Maximus zog sie enger an sich.

»Daran habe ich natürlich auch schon gedacht, dann werden wir eben als ein ganz normales Paar heiraten.«

»Das wäre eine... morganatische Ehe«, gab Paulina zu bedenken.

»Mag sein. Aber der einzige Mensch, der dagegen Einwendungen machen könnte, wäre mein Vater. Notfalls verzichte ich auf mein Erbe und auf meine Rechte als sein Nachfolger.«

Paulina entrang sich ein Schrei aus tiefstem Herzen.

»Nein... nein, das darfst du meinetwegen nicht tun, das wäre nicht richtig, da du den Menschen in Altauss so viel bedeutest.«

»Und du bedeutest mir alles auf der Welt. Wenn das Volk von Altauss mich nicht als seinen Herrscher mit dir zusammen akzeptiert, dann will ich eben als einfacher Bürger unter ihnen leben und mich als solcher fühlen, wenn du nur meine Frau bist.«

»Kannst du überhaupt... auf die Erbfolge verzichten... meinetwegen? Das Opfer ist zu groß!«

»Nein, niemals, ich würde dem nicht nachtrauern, das schwöre ich dir, wenn ich dadurch mit dir als meiner Frau zusammenleben kann.«

»Wie kannst du dir da so sicher sein?«

Prinz Maximus nahm Paulina bei der Hand und ging mit ihr zum Fenster hinüber.

Die Sonne war glutrot hinter dem Horizont versunken und hatte ihren Platz am Himmel schon den ersten schwach schimmernden Abendsternen überlassen.

»Ich habe einmal zu dir gesagt, du bist mein Stern und genauso unerreichbar für mich. Jetzt aber halte ich dich in meinen Armen und werde nie mehr von dir lassen.«

»Es ist wunderschön, wenn du so etwas sagst. Aber was geschieht, wenn du nach unserer Hochzeit irgendwann meiner überdrüssig wirst... oder den Ruhm und die Macht in der kaiserlichen Armee vermißt... oder all den Luxus und Pomp, der uns hier umgibt...?«

Statt einer Antwort küßte er sie leidenschaftlich und sagte dann:

»Wir werden ein erfülltes Leben haben, meine süße Geliebte. Alle meine Orden und Ehrenzeichen bedeuten mir nichts – nur deine Liebe ist wichtig.«

»Bist du dir wirklich ganz sicher?«

»Ich weiß es ganz sicher, aus tiefstem Herzen weiß ich es. Unsere Liebe bedeutet mir mehr als alle Ehre, die ein Mann auf dem Schlachtfeld zu erringen vermag. Nichts auf der Welt kann unsere Liebe aufwiegen.«

Paulina traten Tränen der Rührung in die Augen.

»Ich weiß, kein anderer Mann könnte mich je so lieben wie du. Aber ich kann nicht zulassen, daß du so viel für mich aufgibst.«

Prinz Maximus lächelte mild.

»Es ist nicht die Frage, ob du es zuläßt oder nicht. Wenn du mich liebst, verlange ich das ganz einfach von dir. Meine einzige Befürchtung ist, deinen guten Ruf zu schädigen oder gar dein Leben zu gefährden, wenn ich unseren Fluchtplan durchführe, um durchzusetzen, was ich für das Beste für uns beide halte.«

»Darum brauchst du dir keine Sorgen zu machen«, versicherte Paulina.

Maximus küßte sie, anfangs leicht und zärtlich, dann immer leidenschaftlicher. Bevor das Verlangen sie überwältigen konnte, sagte er:

»Wir dürfen keine Zeit mehr verlieren, wenn wir fliehen wollen.«

»Wenn sie uns aber doch finden und festnehmen?« warf Paulina ein.

»Überlaß nur alles mir und zieh dich jetzt um. Deine Sachen sind ja schon gepackt, wie ich sehe. Ich schicke einen Diener, um alles abholen zu lassen.«

Maximus wollte gehen, aber sie hielt ihn mit beiden Händen zurück.

»Glaubst du wirklich, deine Entscheidung ist richtig? Bedenke – du bist ein Aristokrat, und ich bin nur... eine Bürgerliche.«

»Denke nur daran, daß ich dich liebe – und du mich«, gab er ihr zur Antwort.

Er fiel auf seine Knie und sagte feierlich:

»Ich schwöre dir, wenn du mit mir kommst, meine Frau werden willst und mich liebst, nicht als Prinz, sondern als Mann, dann werde ich alles tun, um dich glücklich zu machen, solange wir leben.«

Paulina war von Tränen der Rührung und des Glücks überwältigt und unfähig, Maximus mit Worten zu sagen, wie sehr auch sie ihn liebte.

Auch später noch, wenn sie zurückdachte, als sie durch die verlassenen Gänge und Flure geschlichen waren, um den Palast durch eine Seitentür zu verlassen, kam mit der Erinnerung wieder die furchtbare Aufregung und Anspannung in ihr hoch.

Nachdem Prinz Maximus gegangen war, schlüpfte Paulina, so schnell es ihr möglich war, in das Reisekleid, das sie am nächsten Tag auf der Fahrt nach St. Petersburg hatte tragen wollen.

Noch während sie damit beschäftigt war, vernahm sie ein leises Klopfen an der Tür. Sie öffnete und sah sich dem Diener von Prinz Maximus gegenüber.

Ohne ein Wort ging er zu dem ledernen Schrankkoffer, lud ihn auf seine Schultern und verließ still und leise wieder Paulinas Schlafgemach.

Einem plötzlichen Impuls nachgebend, setzte Paulina sich an den Schreibtisch und schrieb ein paar Zeilen an Prinzessin Margarita:

»Ich bin schon nach St. Petersburg vorausgereist. Zu Eurer Hochzeit wünsche ich Euch Gottes Segen, und daß Ihr mit dem Großfürsten die wahre Liebe finden möget. Ich liebe Euch, wie ich Euch immer geliebt habe und immer lieben werde, jetzt und für alle Zeiten.«

Paulina

Sie hatte gerade ihren Namen unter den Brief gesetzt, als Prinz Maximus ihr Schlafgemach wieder durch die Geheimtür betrat. Sie reichte ihm den Brief; er las und nickte.

»Das beweist, wie einfühlsam du bist. Ich wollte dir auch das gleiche vorschlagen. Auch ich habe dem Zaren ein paar Zeilen hinterlassen. Wir fühlen und denken eben immer dasselbe«, sagte er zärtlich.

»Er reichte ihr den Brief zurück, sie adressierte ein Kuvert an Prinzessin Margarita, faltete den Brief zusammen und steckte ihn hinein.

Dann drängte Maximus zur Eile, nahm Paulina bei der Hand und führte sie durch die Geheimtür. Zum erstenmal sah sie den Zwischenraum zu der Wand neben der Tür, groß genug, um einen heimlichen Lauscher aufzunehmen und zu verbergen.

Sie durchquerten den angrenzenden unbewohnten Raum und schlichen auf Nebenwegen durch den Palast, um nicht gesehen und vorzeitig entdeckt zu werden.

Erst als sie unbemerkt in die im Freien versteckt wartende Kutsche eingestiegen waren, flüsterte der Prinz:

»Jetzt beginnt unser großes Abenteuer, aber du brauchst keine Angst zu haben.«

Paulina lächelte ihn vor Aufregung schwer atmend, aber glücklich an.

Der Diener des Prinzen hatte ihr Gepäck schon verladen und

saß abfahrbereit auf dem Kutschbock des Dreispänners.

Der fahl schimmernde Mond begann gerade seine Bahn über den nächtlichen Himmel.

Der Kutscher knallte verhalten mit der Peitsche, die Pferde zogen an, und ihre abenteuerliche Reise nahm ihren Anfang.

Paulina konnte kaum glauben, daß sie im Begriff war, alles hinter sich zurückzulassen, Prinzessin Margarita, den Großfürsten Alexander, den Zaren und die Zarin und die vielen Höflinge, die sich am nächsten Tag alle zusammen wie in einer Prozession auf den Weg nach St. Petersburg machen würden.

Als ob er ihre Gedanken erraten hätte, sagte Maximus in die nur vom Getrappel der Pferdehufe unterbrochene Stille hinein:

»Jeder wird glauben, daß wir – wie andere Gäste auch – nur vorausgereist sind, um vor der Kathedrale das Brautpaar zu empfangen. Das schenkt uns aber genügend Vorsprung, um St. Petersburg schon weit hinter uns zu haben, bevor irgend jemand Fragen nach uns stellt.«

Paulina schwieg, da der Fahrtwind eine Unterhaltung ohnehin sehr erschwerte.

Statt dessen drückte sie fest die Hand des Prinzen, die in der ihren lag, und schmiegte sich lächelnd an ihn.

Sie wußte, Maximus verstand sie auch ohne Worte, und sie schwor sich im stillen, ihn immer zu lieben und Freude und Leid mit ihm zu teilen. Ihre Herzen, Seelen und Gedanken waren eins.

Früher als erwartet, tauchte in der schwarzen Dunkelheit vor ihnen die Silhouette von St. Petersburg auf.

Als sie die Bahnstation erreichten, die erst kürzlich erbaut worden war, wurde Prinz Maximus von einigen ranghohen Bahnbediensteten begrüßt.

Paulina hatte mittlerweile auch recht gut Russisch gelernt und konnte der Unterhaltung folgen. Die Offiziellen der Bahn schienen der Meinung zu sein, der Prinz befinde sich auf einer geheimen Mission des Zaren, was ihnen nur nützlich sein konnte.

Man geleitete sie zu einem Sonderabteil, das an die üblichen Waggons angekoppelt worden war, mit weitaus komfortablerer Ausstattung, als Paulina sich je vorgestellt hatte.

Sie mußten noch die zeremonielle Verabschiedung durch die Bahnbediensteten über sich ergehen lassen, bevor sie einsteigen konnten.

Maximus erklärte ihr dann, daß in ihrem Sonderabteil einige deutsche Aristokraten zur morgigen Trauung angereist waren: »Ich hatte Glück und konnte das Abteil für uns beschlagnahmen.«

»War denn das klug?« fragte Paulina ängstlich.

»Ich kann gutmütig wie ein Lamm sein, aber auch reißend wie ein Wolf«, erwiderte Maximus lachend. Er war ins Englische übergegangen, und Paulina entgegnete ebenfalls auf englisch:

»Ich habe Angst, daß uns jemand verrät und alles dem Zaren meldet.«

Der Zug hatte sich mittlerweile in Bewegung gesetzt und die Bahnstation verlassen. Aus ihrem Abteilfenster sahen sie in einiger Entfernung St. Petersburg mit seinen Häusern, Kirchen und Palästen vorübergleiten. Paulina konnte sich des unbehaglichen Gefühls nicht erwehren, der Zar werde noch im letzten Augenblick von ihrer Flucht unterrichtet. In ihrer Phantasie malte sie sich aus, wie der Zug anhielt, Geheimpolizisten von der Dritten Sektion in ihr Abteil stürzten, sie festnahmen und ins Gefängnis warfen.

Prinz Maximus legte seinen Degen ab und machte es sich bequem.

»Du brauchst keine Angst zu haben. Ich bin überzeugt, der Zar und Graf Benckendorff von der Dritten Sektion schlafen in diesem Augenblick den tiefen Schlaf der Gerechten, ohne den geringsten Verdacht, daß sich irgend etwas Ungewöhnliches ereignen könnte.«

»Wie kannst du so überzeugt davon sein?« fragte Paulina noch ganz von ihrer Angst überwältigt.

»Weil unsere Liebe stärker ist als alle Macht der Geheimpolizei.«

Prinz Maximus nahm Paulina ihr Reisecape ab und fuhr dann beruhigend fort:

»Ich fühle, daß alles gut ausgeht, und ich bin jetzt der glücklichste Mann auf der Welt, weil ich dich gefunden habe und du bei mir bist.«

»Und ich habe dir nichts als Schwierigkeiten gebracht, mir kommt alles wie in einem aufregenden Traum vor«, wehrte Paulina ab.

Ein Blick aus dem Fenster besänftigte ihre Unruhe etwas, denn sie hatten inzwischen die Stadt ohne Zwischenfall hinter sich gelassen. Die letzten vereinzelten Häuser huschten draußen vorüber, und bald würden sie das offene Land erreichen.

»Komm, es ist schon spät, mein Liebes, versuche ein bißchen zu schlafen. Wir haben eine weite Reise vor uns, und wir können nur beten, daß auch die schnellsten Pferde uns nicht mehr einholen.«

»Könnten Sie das denn?«

»Nur wenn sie so schnell wie die Vögel der Luft wären. Oder der Zar verfügte über eine telegraphische Verbindung mit einer der vor uns liegenden Bahnstationen. Aber die gibt es bislang noch nicht in Rußland.«

»Hoffentlich behältst du recht«, seufzte Paulina.

»Ganz bestimmt, ich weiß es, und jetzt habe ich zwei Tage und Nächte Zeit, dir deine Angst von den Lippen zu küssen.«

Selbst wenn am Ende dieser Reise der Tod auf uns wartet, dachte Paulina, während Maximus sie küßte, seine Liebe ist es mir wert.

Nach einem langen innigen Kuß nahm Maximus Paulina bei der Hand und führte sie nach hinten in einen abgeschirmten Teil des Abteils, der als Schlafkabine mit Waschgelegenheit, Spiegeln und anderen Annehmlichkeiten ausgestattet war.

»Soviel Komfort hatte ich in einem Eisenbahnwaggon nicht

erwartet«, sagte der Prinz erfreut.

»Ich hoffe nur, der Eigner des Wagens nimmt es uns nicht übel, wenn wir ihn benutzen.«

»Da brauchst du dir keine Sorgen zu machen. Die Offiziellen von der Bahn sind nicht anders als alle anderen Bürokraten in Rußland. Ich habe ihnen Geld gegeben, das in ihre eigenen Taschen fließt, und der Besitzer des Abteils wird nie etwas davon erfahren, daß wir es zur Flucht benutzen.«

»Wir haben wirklich Glück«, antwortete Paulina dankbar.

Paulina bemerkte plötzlich, daß die Kabine nur ein Bett enthielt und blickte den Prinzen fragend an. Er verstand ohne ein Wort.

»Ich liebe dich über alles, und ich achte dich. Heute nacht werde ich neben dir sitzen und über deinen Schlaf wachen. Das andere sparen wir uns auf, bis du meine Frau bist.«

Paulina schmiegte sich dankbar für sein Verständnis an ihn.

»Ich erwarte nichts von dir, was du nicht selber wünschst. Du sollst mir alles von dir aus geben«, sagte er zärtlich, küßte sie und fuhr fort:

»Geh zu Bett und versuche zu schlafen. Wenn ich müde bin, werde ich mich draußen auf die Sitzbank legen.«

»Aber du brauchst doch ein Kissen und eine Decke.«

»Sei unbesorgt, ich finde schon etwas. Die Hersteller des Abteils haben sicher auch daran gedacht«, beruhigte sie Maximus. »Mach du es dir nur bequem.«

Er nahm sie wieder in die Arme und küßte sie, dann wünschte er ihr eine ›Gute Nacht‹.

Der schwere Vorhang, der die Schlafkabine von dem Abteil trennte, schloß sich hinter ihm, und Paulina war allein.

Sie zog sich rasch aus und schlüpfte ins Bett. Aber sie fand keinen Schlaf. Die Aufregungen ihrer Flucht und der Gedanke, wie wohl der Vater des Prinzen, Großherzog Louis, das Verhalten seines Sohnes aufnehmen würde, ließen sie nicht einschlafen.

Ihr Vater würde Verständnis haben, denn sie war glücklicher, als sie je erhofft hatte, und nichts würde ihren Vater mehr erfreuen.

Aber sie war sich dennoch nicht sicher, ob ihr Vater das Vorgehen des Prinzen gutheißen und billigen würde.

Zumindest werden wir unseren Kindern später einmal eine aufregende Geschichte erzählen, dachte sie und lächelte glücklich, als sie der Schlaf bei diesen Gedanken übermannte.

7

»Morgen werden wir, so Gott es will, die Grenze überschreiten«, erklärte Prinz Maximus frohgestimmt.

Paulina gab darauf nicht gleich eine Antwort. Sie überließ sich ganz dem Gefühl, zusammen mit dem Mann, den sie liebte, auf dem Weg nach Hause zu sein. Sie genoß seine Nähe, mit ihm zu sprechen, seinen Worten und den Beteuerungen seiner Liebe zu lauschen. Sie fühlte sich wie im Paradies und mochte nicht an die Zukunft denken.

»Ich wünschte, wir könnten immer so dahinfahren«, seufzte sie schließlich.

Prinz Maximus legte den Arm um ihre Schulter und meinte lachend:

»Das wäre auf die Dauer ein ziemlich eintöniges Leben.«

»Du wärst immer bei mir, und wir wären ganz allein auf der Welt, gibt es etwas Schöneres?« antwortete Paulina.

Er blickte ihr zärtlich in die Augen.

»Ich finde es auch wunderschön, aber ich möchte mehr, ich möchte, daß du so schnell wie möglich meine Frau wirst, meine liebe Paulina.«

»Das... das wünsche ich mir auch.«

Aber noch waren sie nicht in Altauss.

Immer wenn der Zug unterwegs an einer Versorgungsstation

anhielt, um Holz und Kohlen für die Befeuerung der Dampfmaschine nachzuladen, überfiel sie von neuem die Angst. Sie fürchtete jedesmal, die Häscher des Zaren könnten in ihr Abteil stürmen und sie gefangennehmen. Erst wenn der Zug sich wieder fauchend in Bewegung setzte, atmete sie erleichtert auf.

Sobald sie die Grenze von Preußen überschritten hatten, wollten sie den Zug verlassen und eine Kutsche mit schnellen Pferden nehmen, um auf dem kürzesten Weg nach Altauss weiterzureisen. Soweit hatte Maximus ihr den weiteren Verlauf seines Fluchtplanes verraten.

»Sind wir dann in Sicherheit?« fragte Paulina zuversichtlich.

»Der mächtige Arm des Zaren reicht nicht bis nach Preußen und schon gar nicht – dem Himmel sei Dank – bis in mein eigenes Land.«

Paulina wußte nur zu gut, wieviel Altauss dem Prinzen bedeutete. Gedanken, die sie schon lange beschäftigt hatten, drangen wieder in ihr Bewußtsein.

»Ich muß... dir etwas... sagen«, begann sie schüchtern.

»Nur heraus damit, mein Liebling«, forderte er sie munter auf, um ihr die Scheu zu nehmen, die er in dem Blick ihrer Augen erkannte.

»Ich würde es... verstehen, wenn du... deine Meinung, mich heiraten zu wollen... ändern würdest«, begann Paulina stammelnd.

Bevor der Prinz etwas erwidern konnte, fuhr sie fort:

»Ich bin sicher, du könntest dem Zaren dein Verschwinden erklären, und er würde dir vergeben.«

»Was würde mit dir geschehen, wenn ich deinen Rat befolgte?« fragte Maximus.

»Dann möchte ich nicht mehr leben. Aber wenn ich immer daran denken muß, daß du so viel für mich aufgegeben hast und es dir einmal leid tun könnte, werde ich furchtbar unsicher.«

»Ich habe dir ein paarmal gesagt, niemals werde ich das bedauern. Schon jetzt, nach diesen wenigen Tagen des Alleinseins mit dir, liebe ich dich noch mehr als vorher, um wieviel mehr noch, wenn du erst meine Frau bist«, versicherte der Prinz.

Die Bestimmtheit in seiner Stimme ließ keinen Zweifel zu, dennoch mußte Paulina noch einmal fragen:

»Ist das wirklich wahr?«

»Vielleicht bist du überzeugt, wie ernst es mir ist, wenn du den Ring am Finger trägst.«

Statt eine Antwort darauf abzuwarten, schloß er sie in seine Arme und küßte sie mit einer Leidenschaft, die auch Paulina entflammte und die Pforte zu dem öffnete, was sie sich noch versagen wollten.

»Wie kannst du an meiner Liebe zweifeln, glauben, ich könnte von dir lassen, da wir von Gott bestimmt sind, eins miteinander zu werden?«

»Ich liebe dich..., aber du... erregst mich so sehr«, flüsterte sie ihm ins Ohr. Der Prinz fühlte sein aufwallendes Blut in den Schläfen pochen, aber er zwang sich zur Beherrschung und sagte nach einer Weile, wieder ruhiger geworden:

»Ich werde dich die Liebe lehren, mein Liebling«, sich daran erinnernd, wie jung, unerfahren und unschuldig Paulina noch war, und daß er sie behutsam an die Freuden der Liebe heranführen mußte.

Mittlerweile war die Dämmerung wieder hereingebrochen. Prinz Maximus lag schlaflos in der Dunkelheit, nachdem er Paulina eine ›Gute Nacht‹ gewünscht hatte, und dachte an sie und ihre gemeinsame Zukunft, nur durch einen Vorhang von ihr getrennt. Nur seine Selbstbeherrschung hinderte ihn daran, zu ihr zu gehen. Ihre Ehe mußte auf der Basis von Vertrauen und gegenseitiger Achtung gegründet werden, die in Paulinas Leben einen hohen Stellenwert besaßen, das hatte er vom ersten Augenblick an gefühlt.

Ihr haftete eine unschuldige Reinheit und Schüchternheit an, nicht nur körperlich, sondern auch des Geistes, die Paulina von sämtlichen Frauen in seinem bisherigen Leben unterschied. Es war die Unschuld eines Engels, die ihn zurückhielt wie eine verschlossene Tür.

»Wenn ich die Wahl hätte, dann möchte ich in einer kleinen Hütte mit dir leben, dich umsorgen und dir meine große Liebe beweisen«, klangen ihm Paulinas Worte noch im Ohr.

»Ganz gleich, wo wir leben, ob in einer kleinen Hütte oder in einem Palast, unser Nest wird immer und überall ausgefüllt sein von unserer Liebe. Und ich werde dich vor allem Unheil bewahren, solange wir leben«, hatte er geantwortet.

»Aber ich habe Angst davor, was dein Vater zu unserer Verbindung sagen wird.«

»Diese Brücke werden wir überqueren, wenn wir sie erreicht haben. Im Augenblick will ich dich nur in Sicherheit bringen und dich zu meiner Frau machen. Ich weiß auch schon, wo wir unsere Hochzeitsnacht verbringen werden.«

»Unsere Hochzeitsnacht? Davon habe ich nicht zu träumen gewagt.«

»Und ich kann es kaum erwarten, mein Herz. Dann werde ich dir zeigen, wie sehr ich dich liebe, und dich sehr, sehr glücklich machen.«

»Das klingt…, wie im Himmel zu sein«, hatte Paulina ausgerufen.

»Es wird das Paradies für uns sein.«

Nachdem Paulina am nächsten Morgen erwacht war, machte sie sich frisch und kleidete sich rasch an. Dann ging sie in den anderen Teil des Abteils hinüber und traf Maximus schon wach und fertig angekleidet an. Er hatte seine Uniform als Generalmajor angelegt.

Prinz Maximus sah den fragenden Blick in ihren Augen und erklärte:

»Sollten wir wider Erwarten noch von den Häschern des Zaren irgendwo erwartet und aufgehalten werden, wird mir meine Uniform den gebührenden Respekt verschaffen. Wenn dagegen alles gutgeht, nun, in Preußen macht man in einer Uniform immer einen guten Eindruck.«

»Du siehst phantastisch aus«, entfuhr es Paulina.

»Und du siehst allerliebst aus, komm, gib mir einen Guten-Morgen-Kuß.«

Paulina schlang ihre Arme um seinen Nacken, schmiegte sich an ihn und küßte ihn. In diesen Augenblicken gab es nichts anderes für sie als ihre große Liebe füreinander.

Lautes, anhaltendes Pfeifen von der Lokomotive her und die Verlangsamung der Geschwindigkeit zeigten ihnen an, daß sie sich einer Bahnstation näherten.

»Ist das die Grenzstation?«

»Ja, ich bin ziemlich sicher, daß wir jetzt die Grenze passieren«, antwortete Maximus.

Paulina seufzte tief und zwang sich, ruhig zu bleiben.

Der Zug fuhr langsam in die Station ein und kam schließlich zum Halten. Auf dem Bahnsteig drängten sich Fahrgäste und zahlreiche Bahnbedienstete in Uniform in einem bunten wimmelnden Durcheinander.

Paulina starrte aus dem Fenster und schickte ein Stoßgebet zum Himmel: »Bitte steh uns bei. Laß nicht zu, daß wir jetzt noch gefaßt und zurückgebracht werden... im allerletzten Augenblick.«

Obwohl Prinz Maximus äußerlich ruhig wirkte und schwieg, wußte sie, daß er innerlich genauso angespannt und aufgeregt war wie sie.

Als die Kontrolleure der Bahn ihr Abteil betraten, erhob er sich und ging ihnen ein paar Schritte entgegen.

Sie trugen eine strenge Dienstmiene zur Schau, die in einem belustigenden Gegensatz zu ihrer farbenprächtigen, phantasievollen – vom Zaren selbst entworfenen – Uniform stand und Paulina unter glücklicheren Umständen amüsiert hätte.

Wichtigtuerisch redeten sie alle, in russischer Sprache, durcheinander und gingen unablässig im Abteil auf und ab.

Paulina verstand kein Wort von der Unterhaltung, da sie in einem lokalen Dialekt miteinander redeten.

Sie saß in sich zusammengesunken auf der Sitzbank im Abteil und hielt die Augen geschlossen, jeden Augenblick ihre Festnahme erwartend.

Und dann endlich, nach wie eine Ewigkeit währenden Augenblicken der Angst, ging ein Rucken und Zischen durch den Zug, die Lokomotive fauchte und pfiff, die sich lösenden Bremsen quietschten, und der Zug setzte sich wieder in Bewegung.

Ungläubig öffnete Paulina ihre Augen und sah Maximus mit ausgebreiteten Armen und einem triumphierenden Lächeln im Gesicht auf sie zustürzen.

»Wir haben es geschafft. Wir haben gewonnen. In wenigen Augenblicken verlassen wir für immer russischen Boden!«

Die Spannung und Aufregung der letzten Tage lösten sich in Paulina, und Tränen der Erleichterung rannen ihr hemmungslos übers Gesicht. Tränenüberströmt und glücklich blickte sie Maximus erlöst an.

Er schloß sie in seine Arme und küßte ihr die Tränen von den Wangen.

Kurz darauf hielt der Zug erneut an, dieses Mal aber auf preußischer Seite. Auf den Bahnsteigen der Station herrschte ein aufgeregtes, hektisches Leben, so ganz anders, als auf den meisten öde und verlassen daliegenden Bahnstationen in Rußland.

Und wie der Prinz richtig vorausgesehen hatte, seine Uniform machte Eindruck und Respekt; sie wurden äußerst höflich und bevorzugt behandelt. Träger nahmen sich ihres Gepäcks unaufgefordert an, und ein Bahnbeamter verschaffte ihnen ohne viele Umstände eine Kutsche mit kräftigen jungen Pferden.

Bevor Paulina recht begriffen hatte, was vor sich gegangen war, fuhren sie schon auf einer breiten Straße zwischen gepflegten Häusern inmitten von blühenden Gärten der Außenbezirke der Grenzstadt dahin.

Sie fühlte sich, als sei sie vom Tode zum Leben erweckt, und fragte Maximus:

»Wohin fahren wir?«

»Zunächst werden wir irgendwo frühstücken. Du magst dich nach all den Aufregungen zwar wie ein Engel im Paradies fühlen, ich aber bin ein Mensch und habe furchtbaren Hunger.«

»Jetzt, wo du das sagst, bekomme ich auch Hunger«, lachte Paulina glücklich.

Sie hatte während der langen Bahnfahrt vor lauter Aufregung kaum etwas zu sich genommen, außer Unmengen von Tee aus dem Samowar, der an jeder Station nachgefüllt worden war.

Bald fanden sie ein kleines einladend wirkendes Gasthaus und kehrten ein. Zwei saubere freundliche Serviermädchen fragten nach ihren Wünschen und begannen bald darauf, den Tisch für ein ausgiebiges Frühstück zu decken.

»Wenn wir das alles essen, werden wir platzen«, flüsterte Paulina lachend.

Nachdem sie sich gestärkt hatten, bestiegen sie wieder die Kutsche und setzten die Reise fort. Sie machten später nur noch einmal halt, um die Pferde zu tränken und zu füttern.

Nachmittags begann die Straße langsam aber stetig anzusteigen, und Paulina konnte bald am Horizont die hoch aufragende Gebirgskette ausmachen, die Altauss im Norden und Osten von Sachsen und Preußen trennte.

Hier also werde ich in Zukunft mein Leben verbringen, mit ihm, und ich kann mir nichts Schöneres vorstellen, dachte sie glücklich.

Gegen sechs Uhr abends überquerten sie auf einer schmalen Brücke, die sich über eine tiefe Schlucht schwang, die Grenze von Preußen nach Altauss.

Als sie die andere Seite erreicht hatten, brach Prinz Maximus das Schweigen: »Willkommen zu Hause, mein über alles geliebter Schatz«, und küßte sie.

Kurz darauf fuhren sie in ein kleines Dorf am Fuß der Bergkette ein. Nur ein paar Häuser schmiegten sich um eine kleine Kirche, vor dem größten Gebäude ließ Maximus anhalten.

»Warte einen Augenblick«, bat er, sprang aus der Kutsche und ging auf die Eingangstür des Hauses zu. Die torähnliche Tür wurde geöffnet, und er trat ein.

Paulina ahnte, wohin Prinz Maximus sich gewandt hatte, und hoffte inständig, daß alles gutgehen würde.

Schon nach kurzer Zeit tauchte er glücklich strahlend wieder auf.

»Komm, der Priester wartet auf uns in der Kirche.«

Paulina blickte ihm tief in die Augen. Es bedurfte keiner Worte zwischen ihnen, um auszudrücken, was der andere fühlte.

Maximus half ihr beim Aussteigen, und sie gingen zusammen den schmalen Pfad entlang auf die kleine Kirche zu.

Das Gotteshaus hatte schon Jahrhunderte überdauert, aber in seinem Innern empfing sie ein Strahlen von Glanz und Pracht, das von Generationen von Menschen Gott dargebracht worden war, dem sie ihre Nöte und Sorgen, aber auch ihre Dankbarkeit und Freude anvertraut hatten.

Vorn im Chor neben dem Altar erwartete sie der Priester, ein alter Mann mit schlohweißen Haaren, in dessen Antlitz die Kümmernisse seiner ihm anvertrauten Schäflein Spuren hinterlassen hatten.

Ohne großes Aufhebens vollzog er die Trauungszeremonie und sprach die Worte, die sie als Mann und Frau vor Gott miteinander verbanden.

Dann legte er ihre Hände ineinander und steckte ihnen den Ring an den Finger als äußeres Zeichen ihrer Verbundenheit und Treue durch das Sakrament der Ehe.

Ich liebe dich, wollte sie jeder Antwort auf eine Frage des Priesters hinzufügen, unterließ es dann aber angesichts der Feierlichkeit des Augenblicks.

Als die Trauungszeremonie beendet war und sie sich als Mann und Frau von ihren Knien erhoben, sagte Maximus laut:

»Ich liebe dich«, und küßte ihre Hände, und Paulina war sprachlos vor Glück.

Erst als sie schon wieder in der Kutsche saßen und weiterfuhren, fand sie ihre Worte wieder.

»Ist es wahr ..., ist es wirklich wahr ..., daß ich jetzt deine Frau bin? Ich kann es noch gar nicht fassen!« stammelte sie immer wieder.

»Ich werde es dir beweisen, mein Liebes, nicht nur heute und jetzt, sondern jeden Tag, solange wir leben«, flüsterte ihr Maximus ins Ohr.

»Oh, ich bin ja so glücklich, so überaus glücklich. Maximus, womit haben wir so viel Glück verdient?« rief Paulina verzückt aus.

»Dank sei Gott«, antwortete er feierlich, »ich bin Gott dafür dankbar, daß du meine Frau geworden bist. So viel Glückseligkeit ist ein Gnadengeschenk von ihm.«

»Du sagst mir das alles mit so schönen Worten, das unterscheidet dich auch von allen Männern, die ich kenne.«

»Dich zu erringen, meine liebe Frau, erscheint mir wie das Erklimmen des höchsten Berges und dich zu verlieren wie der Sturz in die tiefsten Tiefen der See.«

So fuhren sie glücklich ihrem Ziel entgegen, und nach einer geraumen Weile entdeckte Paulina weit in der Ferne am Fuße eines Berges ein burgähnliches Schloß. Das mußte das Ziel ihrer Reise sein.

»Schau, das ist Schloß Liedenburg«, zeigte Maximus und erklärte ihr, »es gehört mir, und dort werden wir unsere Hochzeitsnacht und die Flitterwochen verbringen. Mein Vater hat es mir als Jagdschloß zum 21. Geburtstag geschenkt. Ich bin schon immer gern hierhergekommen, obwohl ich irgend etwas vermißt habe; jetzt weiß ich, daß du es warst.«

»Sagst du mir das, weil wir dort leben werden, falls dein Vater uns verstößt und dir nicht vergeben kann, weil er den Weg, den du gewählt hast, mißbilligt?« fragte Paulina.

»Ja, mein Liebes, und wir würden dort sehr glücklich sein.«

»Ich bin mit dir überall glücklich, ganz gleich wo. Aber ich möchte nicht, daß du etwas von dem verlierst, was dir gehört – meinetwegen.«

»Laß uns bitte darüber ein andermal sprechen. Im Augenblick zählt nur, daß du jetzt meine Frau bist und wir in die Flitterwochen gehen, die eine Zeit der Liebe und Zärtlichkeit sind. Alles andere hat keine Bedeutung«, erwiderte Maximus glücklich.

Das Schloß war einfach, aber geschmackvoll eingerichtet. Auf dem Fußboden lagen handgewebte Teppiche, die Wände schmückten Felle von Tieren, die der Prinz selbst erlegt hatte.

Die Aussicht von den Fenstern auf die umliegenden Berge, Wälder und Täler war überwältigend.

Das kleine Schloß – wie für die Liebe geschaffen – rief höchstes Entzücken in Paulina hervor, und sie begleitete alles, was sie entdeckte, mit Ausrufen der Begeisterung und Bewunderung; die große Eingangshalle, das Speisezimmer, den Wohnraum und das Schlafzimmer, das von einem breiten Bett beherrscht wurde.

»Ich wußte, daß dir mein Schloß gefallen würde«, sagte Maximus zufrieden. »Es ist ganz nach meinem Geschmack eingerichtet worden. Die besten Handwerker und Künstler aus Altauss haben daran gearbeitet, um meine Ideen und Vorstellungen zu realisieren. Und als es fertig war, entsprach es genau meinen Wünschen und Vorstellungen.«

Paulina fühlte sich wie in einem Märchenschloß, sie liebte die holzvertäfelten Wände, ihr gefielen die Gemälde an den Wänden, die schweren Stoffvorhänge an den Fenstern – in ihrer Lieblingsfarbe Blau.

»Wie für mich geschaffen«, rief sie ein ums andere Mal aus.

»Vielleicht hat das Schicksal meine Hand und meine Phantasie geführt, denn noch bevor ich dich kannte, hast du schon in meinem Herzen gewohnt«, strahlte Maximus.

Sie küßten sich und zogen sich dann zurück, um ein Bad zu nehmen und sich umzuziehen.

Zwei junge freundliche Mädchen standen Paulina zu Diensten, deren Eltern in der Abwesenheit des Prinzen das Schloß beaufsichtigt und nach dem Rechten gesehen hatten. Die beiden waren dem Prinzen in jungmädchenhafter Verehrung zugetan.

»Wir haben uns immer gewünscht, unser Prinz möge eine Frau wie Euch heiraten, Prinzessin«, vertraute ihr eine von ihnen beim Auskleiden liebevoll an.

Die förmliche Anrede setzte Paulina in Erstaunen. Doch dann wurde ihr bewußt, daß sie diesen Rang als Frau des Prinzen Maximus erworben hatte. Dies kam ihr erst jetzt zum Bewußtsein.

Plötzlich überfiel sie wieder ihre Angst, daß Maximus durch seine Ehe mit einer Bürgerlichen seines Ranges verlustiggehen könnte.

Andererseits lag das nicht in ihrer Hand, und jetzt darüber mit ihm zu sprechen, würde nur einen Wermutstropfen in die Süße ihrer Flitterwochen träufeln, sorgte sich Paulina.

Wie kann ich ihn nur für all das entschädigen, was er für mich aufs Spiel gesetzt hat? fragte sie sich immer wieder. Nur durch meine hingebungsvolle und bedingungslose Liebe, die ich ihm in reichem Maße schenken werde, schwor sie sich.

Später nahmen sie ein einfaches, aber wohlschmeckendes Abendessen im Speisezimmer ein. Maximus hatte die schmucklose Kleidung eines Landedelmannes angelegt, und Paulina vermochte daher, seine adlige Abstammung eine Zeitlang zu vergessen und in ihm nur den Mann, vor allem aber ihren angetrauten Ehemann, zu sehen.

Sie tranken einen aus einheimischen Reben gekelterten Landwein. Als die beiden Mädchen die Tafel abgedeckt hatten, erhob Maximus sein Glas:

»Auf unser Glück, meine innig geliebte Frau.«

»Ich trinke auf den wunderbarsten Mann..., meinen Ehemann.«

Sie leerten ihre Gläser, plauderten noch eine Zeitlang, dann erhob sich der Prinz und sagte:

»Wir haben eine aufregende Zeit und einen langen Tag hinter uns, laß uns zu Bett gehen.«

Paulina schwieg. Als er ihre Hände in die seinen nahm, zitterten sie.

Sie stiegen die Treppe zum Schlafzimmer hinauf, das von mildem Kerzenlicht in sanftes Halbdunkel getaucht war.

Prinz Maximus schloß die Tür hinter ihnen und begann zögern: »Ohne von dir ein Wort darüber zu hören, weiß ich, was du die letzten Tage auf unserer Flucht aus Rußland empfunden und welche Angst du ausgestanden hast. Ich bewundere dich für deinen Mut, daß du all das – von den Unbequemlichkeiten der Reise ganz zu schweigen – auf dich genommen hast.«

»Du warst... doch... bei mir«, flüsterte Paulina und schmiegte sich zärtlich an ihn.

»Nicht zuletzt deshalb würde ich verstehen, wenn du heute nacht allein schlafen möchtest«, setzte der Prinz leise hinzu. »Ich will dich, Gott weiß, wie sehr ich dich will, aber vielleicht wäre es falsch, etwas zu überstürzen.«

Paulina war so unerfahren und unschuldig, daß sie nichts von dem wußte, was die Liebe zwischen einem Mann und einer Frau ausmachte, wenn sie allein waren; aber sie hatte die Erregung Maximus' gespürt, wenn sie sich küßten.

Auch bevor sie sich im Zug zum Schlafen niederlegten, hatte sie das Verlangen des Prinzen gefühlt, bei ihr zu bleiben und die Nacht mit ihr zu verbringen.

Um wieviel größer mußte seine Sehnsucht danach jetzt sein, nachdem er so viel für sie aufgegeben hatte und sie rechtmäßig als Mann und Frau vermählt waren.

Sie fand nicht die Worte, um ihre Gefühle auszudrücken, doch dann flüsterte sie zaghaft und scheu:

»Dies ist unsere Hochzeitsnacht..., und ich wünsche mir..., daß du mich zu deiner Frau machst.«

Als die Kerzen schon beinahe niedergebrannt waren, lag Paulina glücklich und gelöst in den Armen ihres Gatten.

Der Mond, der hinter den dunklen schattenhaften Bergen seine nächtliche Wanderung angetreten hatte, warf sein mildes verzauberndes Licht durch die halbgeöffneten Fenstervorhänge.

»Schon als du mich zum erstenmal geküßt hast, fühlte ich mich wie zu den Sternen erhoben..., jetzt aber sind wir ein Teil von ihnen«, flüsterte Paulina glückselig.

»Und ich hatte einmal geglaubt, du seist so unerreichbar für mich wie die Sterne am Himmel.«

»Daß die Liebe so wundervoll sein kann«, flüsterte sie zärtlich.

»War es auch für dich schön?«

»So wunderschön..., aber habe ich... dich... auch nicht enttäuscht?« fragte sie ängstlich.

»Wie könnte ich enttäuscht sein, wo doch alles an dir so vollkommen ist.«

»Du weißt, ich... bin so unerfahren... in der Liebe. Aber als du mich geliebt hast...«

Paulina drängte sich an ihn und fragte schüchtern:

»War es... für dich genauso..., wenn du... eine andere Frau geliebt hast?«

»Ich habe erwartet, daß du dies fragen würdest. Aber glaube mir – bei allem, was mir heilig ist –, so wie mit dir ist es noch mit keiner anderen Frau gewesen. Du schenkst mir die Liebe, nach der ich mein Leben lang gesucht habe. Unsere Liebe ist etwas Heiliges, und ich schwöre dir, noch nie habe ich etwas Derartiges empfunden.«

»Oh, Maximus, ich liebe dich. Wenn ich dir nur sagen könnte, wie sehr ich dich liebe.«

»Und ich werde ein Leben lang brauchen, um dir zu zeigen, wie ich dich liebe.«

»Ein Leben ist viel zu wenig für unsere Liebe.«

In Paulinas Worten schwang ein Klang mit, den er bei ihr bisher noch nicht bemerkt hatte. Er verglich sie mit einer Blume, die ihre Blüten langsam den wärmenden Strahlen der Sonne öffnet, und jeden Tag würde er sie mehr über die Liebe lehren. Er bedeckte sie mit seinen Küssen, ihre Augen, ihren Mund, ihre zarten knospenhaften Brüste...

»Ich liebe dich«, hauchte sie und schenkte sich ihm erneut.

Später, nachdem sie sich eine Zeitlang ermattet in den Armen gelegen hatten, ergriff der Prinz wieder das Wort.

»Ich muß dir etwas sagen, was du bis jetzt noch nicht weißt, das aber für unsere Zukunft sehr bedeutungsvoll ist, mein Liebling.«

»Ist es etwas..., was ich nicht... tun darf?«

»Nein, im Gegenteil, es ist etwas, was du tun mußt, ob du willst oder nicht. Etwas, was ich vielleicht zu früh von dir verlange.«

Paulina fühlte einen Schauder nach dem anderen durch ihren Körper rinnen, heftig und erregender als je zuvor. Und wieder schenkte er ihr die beglückenden Freuden der Liebe, sie wurden eins und schwangen sich auf zu den Sternen...

Drei Wochen später verließen sie Schloß Liedenburg und machten sich auf die Reise nach Wildenstadt.

Paulina war sehr aufgeregt, ob und wie Großherzog Louis sie empfangen würde. Prinz Maximus hatte seinem Vater ihre Heirat, wo sie ihre Flitterwochen verbracht hatten und wann sie zu Hause ankommen würden, in einem Brief mitgeteilt.

Sie hatten keine Antwort erhalten, und Paulina war in Sorge, ob sein Zorn über das Verhalten seines Sohnes so unversöhnlich war, daß er ihn keiner Antwort würdigte.

Großherzog Louis war unmittelbar nach den Trauungsfeierlichkeiten aus St. Petersburg abgereist, aber wenn er wie auf der Hinreise wieder den Seeweg gewählt hatte, mußte es noch knapp eine Woche dauern, bis er nach Wildenstadt zurückkehrte.

»Ich habe ihm Zeit genug gelassen, sich mit den Tatsachen abzufinden und auch mit deinem Vater darüber zu sprechen«, sagte der Prinz zu Paulina.

»Vielleicht ist dein Vater so verärgert, daß er sogar einen negativen Bericht über meinen Vater nach England schickt«, entgegnete Paulina traurig.

»Nein, das brauchst du nicht zu befürchten. Mein Vater verhält sich stets fair. Ungerechte Handlungsweisen kommen für ihn einem Verbrechen gleich, und nie würde er deinen Vater für etwas verantwortlich machen, was er nicht verschuldet hat.«

»Aber vielleicht in diesem Fall, er ist mein Vater.«

»Und du bist meine Frau«, antwortete Maximus bestimmt und küßte sie, bis der Ausdruck der Ängstlichkeit von ihrem Gesicht verschwunden war.

Ihre Flitterwochen waren Tag für Tag ein Fest der Liebe gewesen. Sie hatten Ausritte in die umliegenden Täler unternommen oder einen Berg bestiegen. Am meisten aber liebten sie es, einfach nur im Schloßgarten unter dem anheimelnden Blätterdach eines alten Baumes zu sitzen und über sich selbst und ihre Zukunft zu reden.

Obwohl sie sich so sehr liebten, gab es noch vieles, was der eine vom anderen wissen wollte oder sie sich gegenseitig lehren wollten. Dann wieder balgten sie ausgelassen und fröhlich wie die Kinder, küßten sich, und alle guten Vorsätze waren vergessen.

Vielleicht lasse ich die glücklichste Zeit meines Lebens für immer hinter mir, überfiel der Gedanke plötzlich mit Entsetzen Paulina, als sie vom Jagdschloß aufbrachen.

Unwillkürlich rückte sie näher zu ihrem Mann, und Maximus legte – ihre dunklen Gedanken ahnend – tröstend den Arm um sie.

»Denke immer daran, wir sind verheiratet, und nichts und niemand wird uns je trennen können.«

Ehe sie sich versahen, kamen sie in Wildenstadt an und passierten das Schilderhäuschen vor dem Palast, wo die Wachsoldaten in ihren schmucken Uniformen salutierten, als sie das Tor passierten. Die Dienerschaft kam ihnen entgegengeeilt, um sie zu begrüßen und willkommen zu heißen.

»Ich sehe, mein Vater erwartet uns«, bemerkte Maximus lächelnd.

Der Haushofmeister geleitete sie gewichtig – in seine Uniform für besondere Anlässe gekleidet – in den Salon des Schlosses.

Paulina hielt sich ängstlich dicht neben ihrem Mann und hatte seinen Arm genommen. Doch Maximus ließ sich von seinen Gefühlen, möglichen Befürchtungen oder hoffnungsfrohen Erwartungen nichts anmerken. Das genossene Glück der letzten Wochen machte ihn sicher, selbstbewußt und unanfechtbar. Er hatte die Liebe seines Lebens gefunden und führte sie zu Hause ein.

Paulina fühlte sich durch ihr gemeinsames Glück an ihre Eltern erinnert, die ein Leben lang – bis zum Tode ihrer Mutter – in inniger Eintracht und Liebe miteinander verbracht hatten.

Der Haushofmeister schlug die Flügeltür zum Salon auf, ohne sie beide anzumelden. Vermutlich wußte er nicht, wie er sie titulieren sollte.

Ich bin ja nur eine Bürgerliche, dachte Paulina im stillen.

Sie traten ein, und der Großherzog erwartete sie auf der gegenüberliegenden Seite des Empfangssaals.

Paulina erschien der Weg endlos, als sie über den roten Läufer auf den Großherzog zugingen, und sie hielt ängstlich die Hand ihres Mannes umklammert, fast drohten ihr die Beine den Dienst zu versagen.

Endlich standen sie vor ihm.

»Guten Tag, Vater«, grüßte der Prinz.

Paulina machte einen tiefen Hofknicks und wagte nicht, dem Großherzog ins Gesicht zu blicken.

Dann hörte sie ihn mit gutmütiger Stimme sagen:

»Ihr beide habt viel Staub aufgewirbelt.«

»Das tut mir sehr leid, lieber Vater, und lieber hätte ich dich von allem in Kenntnis gesetzt. Es schien mir aber ratsamer, dich ebenso in Unkenntnis zu lassen wie jeden anderen auch.«

Dann konnte er seine Neugierde nicht länger zähmen und fragte:

»Was ist passiert, nachdem man unsere Flucht entdeckt hatte?«

»Bevor ich deine Neugierde befriedige, nehmt erst einmal Platz, damit ich in Ruhe berichten kann.«

Paulina setzte sich steif auf die äußerste Kante eines Sessels, und Maximus ließ sich neben ihr nieder.

Großherzog Louis in einem hohen Armsessel, beinahe thronend, wirkte sehr ruhig und gelassen, dachte Paulina hoffnungsvoll.

»Ihr habt eure Flucht klug geplant und durchgeführt. Erst lange nach Margaritas Trauung fiel eure Abwesenheit auf, und der Zar erkundigte sich nach euch«, ergriff der Großherzog schließlich wieder das Wort.

»Und, konnte ihm jemand darauf etwas antworten?« fragte Maximus gespannt.

»Nein, natürlich nicht. Bis die Kundschafter von Graf Benckendorff herausgefunden hatten, daß du in Begleitung einer jungen Dame in einen Zug gestiegen warst.«

»Wann war das etwa?«

»Am Spätnachmittag, Margarita fragte, wo denn nur ihre Kammerzofe sei, und der Zar hörte dies zufällig. Anfangs glaubte man, sie sei schon vorausgefahren, um Margarita und den Großfürsten Alexander in ihrem Flitterwochendomizil zu empfangen. Aber bald zählte der Zar zwei und zwei zusammen und machte sich seinen eigenen Reim darauf.«

»Und«, fragte Maximus wißbegierig, »war er wütend?«

»Er hat getobt, gerast vor Wut, das ist noch weit untertrieben. Der Zar wollte einen Erlaß herausgeben, nach dem dir dein Rang in der russischen Armee aberkannt und du außerdem aus der Armee ausgestoßen werden solltest.«

Paulina stieß einen Schrei aus, aber Maximus entgegnete lächelnd:

»Ich hatte auch nichts anderes erwartet; dann bin ich also jetzt kein Soldat mehr.«

»Mein lieber Sohn«, entgegnete darauf Großherzog Louis, »du vergißt, daß wir unsere eigene Armee haben. Nicht so groß und schlagkräftig wie die russische, und manchmal denke ich, sie müßte verjüngt und modernisiert werden.«

»Meinst du das wirklich, Vater?« fragte Maximus, und seine Augen leuchteten auf.

»Ich meine, daß es ein Unrecht wäre, wenn du deinen militärischen Rang verlierst«, erklärte der Großherzog mit einem gutmütigen Lächeln.

Ein Leuchten trat in die Augen des Prinzen, als ob die Sonne sich darin spiegele.

»Lieber Vater, ich habe dir geschrieben, daß Paulina und ich geheiratet haben, sie ist meine Frau.«

»In ganz beiläufiger Weise gabst du mir Nachricht...«, tadelte der Großherzog amüsiert. »Du weißt, daß deine Ehe nach unserem Recht in Altauss eine morganatische ist«, schränkte er dann ein.

»Gewiß, und trotzdem: Sie ist rechtmäßig und bindend.«

Nach einem langen lastenden Schweigen sagte der Großfürst endlich:

»Ja, in diesem Fall muß deine Frau jetzt einen Namen und Titel erhalten.«

»Ja, Vater«, strahlte Maximus.

»Ihr habt meine Zustimmung. Das Schloß, in dem ihr eure Flitterwochen verbracht habt, hat noch einen Titel zu vergeben.«

Paulina entrang sich ein glückseliger Seufzer der Erleichterung.

»Ich schlage daher also vor, daß deine Frau den Titel ›Prinzessin Paulina von Liedenburg‹ erhält«, erklärte der Großherzog mit großer Feierlichkeit.

Maximus wollte etwas erwidern, doch der Großherzog ließ ihn nicht zu Wort kommen.

»Wenn die Bewohner von Altauss Paulina als deine rechtmäßige Gattin anerkennen, als ihre Herrscherin an deiner Seite, wenn du einmal meinen Platz einnimmst, dann ist es an dir, sie und eure Kinder zu Aristokraten im besten Sinne des Wortes zu machen.«

Prinz Maximus stieß einen Freudenschrei aus, der im Salon widerhallte wie das Echo in den Bergen von Altauss.

»Oh, Vater, wie kann ich dir danken, wie soll ich dir sagen, was das für uns, für Paulina und mich, bedeutet?«

»Indem ihr glücklich seid, mein Sohn«, antwortete der Großherzog gerührt.

Maximus umarmte seinen Vater, der aber löste sich sanft von ihm und küßte Paulina auf die Stirn.

»Willkommen, meine Tochter. Jetzt aber wollen wir nach deinem Vater schicken lassen, der euch beide bereits sehnsüchtig erwartet.«

Am Abend wurde zu Ehren von Prinz Maximus und seiner Gattin Paulina ein kleines Fest gegeben. Der Großherzog, Paulinas Vater, Sir Christopher, und die nächsten Angehörigen feierten das junge Paar, ließen es hochleben und tranken auf sein Wohl.

Der Morgen dämmerte schon, als Maximus und Paulina sich in ihr Schlafgemach zurückziehen konnten.

Paulina war von tiefer Dankbarkeit erfüllt und blickte ihren Mann liebevoll an. Nachdem sie die Tür hinter sich geschlossen hatten, sank sie ihm überglücklich in die Arme.

»Bist du nun vollkommen glücklich?« fragte Maximus.

»Wie sollte ich jetzt nicht glücklich sein. Ich hatte solche Angst, dein Vater könnte dich verstoßen und du selbst könntest nicht mehr in Altauss leben.«

»Ich glaube, mein Vater sieht in seinem Leben einen neuen Sinn. Er wird stolz auf seine Enkelkinder sein.«

»Ich möchte dir... einen Sohn schenken«, flüsterte Paulina leise.

Er zog sie zärtlich an sich.

»Jetzt leben wir nur noch ganz allein für uns. Deine Sorgen und Ängste sind vergessen, ebenso wie der Zar und Rußland und seine Armee. Eines sollten wir beide daraus gelernt haben«, fuhr Maximus fort.

»Und was ist das?«

Er küßte sie behutsam, bevor er antwortete:

»Die Gunst und das Wohlwollen eines Herrschers sind sehr wankelmütig, aber die Liebe überwindet alle Widerstände.«

»So wie unsere Liebe. Nichts und niemand wird unser Glück jemals zerstören können.«

Sie küßten sich innig und leidenschaftlich, und in ihre Glückseligkeit mischte sich tiefe Dankbarkeit.

Prinz Maximus trug seine junge Frau auf den Armen zum Bett hinüber, und sie überließen sich ihrer Liebe.

Der Mond begann wie jeden Abend seine nächtliche Wanderung, doch die beiden Liebenden bemerkten es nicht.